365번째 편지

365번째 편지

조두진 연작소설

이정
서재

차례

365번째 편지
7

리에의 사랑
59

못생긴 여자
105

이치카
163

작가의 말
208

365번째 편지

1

김희찬이 그녀를 처음 본 곳은 종로 다기점 앞이었다. 기획팀이 한 달 내내 준비한 도시정원 박람회 제안서를 시청에 제출한 날이었고, 그 기념으로 회식하러 나간 길이었다. 끝냈다는 홀가분함을 넘어 우리가 준비한 제안서가 기발하면서도 설득력과 대중성을 갖췄다는 자신감에 팀원들 모두 들떠 있었다. 벌써 박람회 운영권을 따내기라도 한 사람들처럼 신이 났다.

"팀장님 오늘 회식은 어디서 할까요?"

사무실을 나서면서 희찬의 입사 동기 강시형이 물었다.

"오늘은 내가 쏠 테니 어디든 맛있는 데로 가."

미술 디자이너이자 팀장인 김은수 차장은 평소답지 않게 너그러웠다. 회식 때면 자신이 원하는 음식점을 고집하는 사람이었다. 업무에서도 마찬가지였다. 제안서 초안조차도 전체적인 내용과 짜임새는 물론이고 선 하나, 글자 하나, 하다못해 글자 음영까지 자기 마음에 들지 않으면 신경질을 부렸다. 초안이니까 편하게 제시하라고 해놓고, 막상 안(案)을 제시하면 '이 따위를 안이라고 내놓는 거냐?'고 타박하기 일쑤였다.

"멀리 가지 말고 가까운 종로로 가시죠."
"그래."

몇 년 새 종로는 20대30대들 사이에서 대구 번화가의 대세로 자리 잡아가는 중이었다. 각양각색의 음식점과 술집은 물론이고 편의점, 어학 학원, 옷 가게, 노래방, 찻집, 미용실 등 온갖 종류의 가게들이 차고 넘쳤다. 낮에도 왕래하는 사람들이 많았지만, 밤이면 그야말로 불야성이었다. 새벽까지 청년들로 넘쳤다.

팀원들이 어떤 메뉴가 좋을까…, 두리번거리며 걷고 있을 때였다. 한 여자가 종로 길에 자리 잡은 다기점 문을 밀며 밖으로 나왔다. 팀원들이 두리번거리고 있는 곳에서 5미터쯤 앞이었다. 그녀를 발견한 순간 김희찬의 몸은 얼어붙은 듯 굳었고 시선은 마치 어디 단단한 곳에 박혀 버린 못처럼 그녀에게 꽂혀 옴짝달싹하지 못했다.

 짧은 순간이었지만 희찬은 그날 본 그녀의 모습을 빠짐없이, 또렷하게 기억했다. 단발에 다소 크고 가볍게 펌을 준 머리카락, 흰 얼굴에 옅은 화장, 그리지 않았음에도 짙은 눈썹, 백육십 오 센티쯤의 키, 베이지색 통굽 미들 힐, 다소 충혈된 눈, 스와로브스키 은색 귀걸이, 옅은 귤색 숄더백, 아래 위 한 벌인 군청색 정장에 살짝 짧다 싶은 느낌의 날렵한 상의….

 그 모든 것을 안다고 해서 희찬이 그 순간 그녀를 아래위, 앞뒤로 훑어보았다는 말은 아니다. 희찬의 눈은 그녀의 용모를 살피지 않았다. 등 뒤로 문을 닫으면서 다기점에서 나오는 그녀를 발견하는 순간 그 모든 것이 희찬의 눈에 들어왔고 지워질 수 없도록 각인됐다.

 "선배!"

 희찬이 다기점에서 나오는 그녀를 발견한 순간 그녀는 희찬과 나란히 걷고 있는 강시형을 알아보았다. 아마도 희찬이 그녀를 발견한 것과 그녀가 시형을 알아본 것은 거의 동시였을 것이다.

'선배!'

오랜 시간이 지나도록 희찬은 그날 들었던 그녀의 다소 중성적인 목소리를 또렷하게 기억했다.

다기점에서 나온 그녀와 희찬의 입사 동기 강시형은 대학의 같은 과 선후배였다. 시형이 2년 선배였지만 군 복무를 마치고 복학해 2학년부터 졸업 때까지 같이 다녔다고 했다. 길에서 우연히 만나 이야기를 나누는 두 사람을 남겨 두고 기획팀 일행은 앞으로 걸어갔다. 희찬만 그 자리에 발이 빠진 사람처럼 서서 이야기를 나누는 두 사람을 바라보았다.

그녀를 발견한 순간부터 그녀가 시형과 짧게 이야기를 나누고, 옆에 서 있는 희찬에게 가볍게 고개 숙여 인사를 건네고, 시형을 향해 손을 흔들며 떠나기까지 희찬의 시간은 정지 상태였다.

희찬의 시간만 멈춘 것은 아니었다. 그 짧은 순간 종로에 있었던 모든 사람들의 시간이 멈췄다. 막 걸음을 떼려고 발을 들었던 사람은 한쪽 발을 든 채, 어딘가를 가리키던 사람은 팔을 들고 손바닥을 편 채, 머리카락을 쓸어 올리던 남자의 손은 머리카락과 이마 사이에 멈춘 채, 하하하 웃음을 터뜨리던 앳된 여성은 여전히 하하하 입을 벌린 채, 마주오는 자전거를 피하기 위해 옆으로 살짝 비켜서던 남자는 그 엉거주춤한 자세 그대로 정지화면이 되었다. 심지어 그녀와 마주 서서 이야기를 나누는 시형도 정지화면이기는 마찬가지였다. 오직 그녀만이 미소를 머금은 얼굴로 가벼운 손짓을 하며 이야기 중인 진행형이었다.

2

그녀가 손을 흔들며 떠나고 희찬과 시형이 걸음을 옮기기 시작하자 종로거리는 정지화면에서 진행 중인 화면으로 돌아왔다. 하지만 소리는 여전히 사라진 상태였다. 종로의 행인들은 웃고 떠들었지만 희찬의 귀에는 들리지 않았다. 손을 흔들며 떠난 그녀의 중성적인 목소리가 여전히 희찬의 귓가에 맴돌고 있었다.

"저 앞에 긴다케(金竹)로 가자고 하시는 데요?"

멀찍이 앞에서 희찬과 시형을 기다리고 있던 팀 막내 다윤이 앞쪽을 가리켰다. 김은수 팀장을 뺀 팀원들끼리 몇 번 가본 적이 있는 이자카야(居酒屋)였다. 그때서야 비로소 종로거리의 소음이 다시 들리기 시작했다.

"좋지!"

시형이 대답했다. 시형과 희찬에게 장소를 알려준 다윤은 쪼르르 달려가 앞서 걷는 팀장 무리에 합류했다.

팀장과 다윤, 배기재 대리가 30여 미터 쯤 앞서 이자카야를 향해 걷고 있었고, 희찬과 시형이 뒤에서 나란히 걸었다.
"누구야?"
"대학 후배. 우리 과."

팀원들은 오랜만에 홀가분한 마음으로 마셨다. 김은수 팀장이 준마이 다이긴조 '월계관'을 주문했다. 짙은 녹색 병에 담긴 750밀리리터 한 병을 마신 후에는 소주를 마셨다. 팀장은 오늘은 자기가 살 테니 마음 놓고 마시라고, 비싼 술로 마시자고 했다.

"술은 역시 소주죠."

막내 다윤의 말에 팀장은 이번에도 너그러운 미소를 지었다. 시청에 제출한 제안서가 무척 만족스러웠던 것이다. 아직 프레젠테이션 발표와 심사가 남았지만 이미 승부는 끝났다는 기분이었다. 출구조사 결과 당선이 확실하며, 당선 발표만 기다리는 후보의 기분이 그럴 것이다.

기획사들이 관청 위탁 사업을 따내기 위해 내놓는 프레젠테이션은 흔히 두 가지 문제에 직면했다. 하나는 짜임새

있고 주제가 분명하지만 '좀 진부하다'는 평가, 다른 하나는 독특하고 신선하며 가치 부여도 충분하지만 '대규모 관람객을 유인할 대중성이 떨어진다'는 점이었다. 주제가 쉽고 분명하면서도 신박하고, 낯설면서도 거북하지 않아 대중성 있는 무엇을 창출하기는 어려웠다. 이번에 준비한 '정원에서 과학을 만나다'는 이 모든 요소를 두루 갖췄다고 자평할 만했다.

 술잔을 앞에 놓고도 팀원들은 제안서 준비과정과 열흘 뒤에 있을 프레젠테이션에 관한 이야기로 흥을 이어갔다. 희찬의 귀에는 팀원들의 대화가 들어오지 않았다. 종로 길에서 우연히 만난 시형의 대학 후배가 환상처럼 눈앞에 떠 있었다.
 술자리가 한 시간을 넘기면서 김은수 팀장은 평소의 까칠한 모습으로 돌아오고 있었다. 이번에도 표적은 희찬의 입사 3년 선배인 배기재 대리였다.
 "팀장님이 킬 하셨지만 우리 가족 허수아비 만들기 아이템도 괜찮지 않습니까?"
 배 대리는 자신이 제안했던 '가족 허수아비 만들기' 프로그램이 제안서에서 빠진 것을 못내 아쉬워했다.

"야, 배 대리. 너 영덕 가라."

"강원도 영덕요? 왜요?"

"내가 얼마 전에 영덕에 갔었는데 거기 가니까 '쓰레기도 자원이다'는 플래카드가 거리 곳곳에 붙어 있더라. 그리고 강원도 아니고, 경북 영덕이다. 그것도 모르냐? 목 위에 붙어 있다는 것 말고 니 머리와 사람 머리 사이에는 대체 어떤 공통점이 있니? 나 정말 궁금해서 묻는다."

지독한 악담에도 배 대리는 웃기만 했다. 욕을 먹어도 상처 입지 않으니 배 대리는 발전하지 못하는 것이리라. 발전은 불편과 불만, 그에 대한 대응의 산물인데 배 대리에게는 그런 요소가 없었다.

술자리는 2차로 이어졌다. 1차를 끝내고 밖으로 나왔을 때 김은수 팀장은 먼저 들어가겠다고 했다.

"오랜만인데 2차까지는 가셔야죠."

희찬의 입사동기 시형이었다.

"니들이 대한민국 인재 양성 책임을 진 워킹맘의 막중한 책무를 어찌 알겠니? 선진국이라고 주 5일, 주 4일 근무하면서 집에는 왜 1년 365일 하루도 빠지지 않고 들어가야 하는지 모르겠다."

"범국가적 임무를 충실히 수행 중인 팀장님을 격하게 지지합니다. 안녕히 가십시오!!!"

배기재 대리가 허리를 구십 도로 굽혀 절했다.

"고맙다, 배 대리. 안 붙잡아서."

김은수 팀장이 비아냥거리며 택시 문을 닫자 배 대리가 팀장 눈에 띄지 않게 가운데 손가락을 세웠다.

"팀장님 수화로 인사드릴게요."

팀원들은 근처의 맥주집으로 향했다. 몇 미터 앞에서 다윤과 나란히 걷고 있는 배기재 대리가 무슨 우스운 이야기라도 주고받는 모양인지 킬킬 댔다.

"배 선배는 성격이 좋은 건지 배알이 없는 건지…. 팀장한테 그 욕을 먹고도 저렇게 킬킬 대니 참…."

시형이 배 대리의 뒤통수를 바라보며 중얼거렸다. 희찬은 맞장구치지 않았다.

"근데 오늘 왜 말이 없어? 안 좋은 일 있어?"

"아니."

"이자카야에서 거의 말을 안 하는 것 같던데?"

희찬은 다른 이야기를 꺼냈다.

"아까 만난 그 후배 말이야. 나한테 좀 소개해 줄 수 있어?"

"왜?"

"그냥"

"그냥?"

"어디서 본 사람 같아서…."

"어디서?"

"글쎄 초등학교 동기인가?"

"뻥을 쳐도 인마 금방 뽀록날 뻥은 인간에 대한 예의가 아니야. 그 친구는 우리 보다 두 살 아래야."

"그런가?"

"왜? 마음에 들어?"

"응! 아주 많이. 충격적으로."

"충격적으로? 충격적으로 마음에 드는 건 어떤 건데? 총 맞은 거?"

"나도 오늘 처음 느낀 건데, 그런 게 있는 것 같아."

"그래?"

"그래."

"우진이 좋지. 예쁘고 성격 좋고."

"이름이 우진이야?"

"어. 서우진."

"사귀는 사람이 있어?"

"대학 때는 있었는데 졸업한 뒤로는 글쎄, 모르겠네."

"친한 후배 아니었어?"

"학교 다닐 때야 친했지만 졸업한 뒤로는 두어 번 봤지 아마."

"어쨌든 한번 만나게 해 주면 좋겠는데?"

"알았어. 근데 소개팅 뭐 이런 건 좀 그렇고. 그냥 셋이서 술 한잔 어때?"

"그럼! 자연스러운 게 좋지."

"내가 연락해볼게."

"오늘 비로소 너한테서 우정의 시원(始原)을 발견했다."

"지랄이 점프를 하네."

3

일주일 뒤 세 사람이 만났다. 앞서 기획팀이 회식했던 종로의 이자카야였다.

"그 근처 다기점에 종종 들린다고 하더라고."

시형은 그녀에게 설명하기 쉬운 장소를 골랐다고 했다.

시형과 희찬이 이자카야로 들어갔을 때 그녀가 먼저 와 있었다. 그녀는 물잔을 앞에 놓고 휴대폰을 보는 중이었다.

시형이 그녀의 맞은편 자리에 서서 손가락으로 노크하듯 테이블을 가볍게 두드렸다. 그녀는 고개를 들어 시형을 바라보고는 반가운 마음과 어딘지 모르게 쓸쓸한 심정이 섞인 미소를 지었다.

"왔어요?"

"인사해. 이쪽은 김희찬, 내 입사 동기. 이쪽은 서우진, 대학 2년 후배이자 졸업 동기."

시형이 양손으로 김희찬과 서우진을 번갈아 가리켰다.

희찬은 그날 자신이 무슨 이야기를 했는지 기억하지 못했다. 평소 딱히 진지한 편은 아닌데 너무 굳어 있었다는 것은 분명했다. 재치 있는 말, 유머러스한 이야기, 그녀가 관심을 가질 만한 이야기를 하고 싶었지만 꺼내는 말마다 한 박자 늦었고 딱딱하고 진지한 쪽으로만 흘러갔다.

희찬이 화장실을 다녀왔을 때, 아니 화장실에서 나와 자리로 걸어올 때 시형과 마주 앉은 그녀는 활짝 웃고 있었다.

"나 화장실 간 사이에 두 사람이 무슨 재미있는 이야기를 하셨나봐요?"

"내가 니 칭찬 좀 했다."

"나한테 무슨 칭찬 거리가 있다고…."

역시 재미없는 말이었다.

"정말 영민한 친구라고 이야기해줬어. 아기 때 기저귀 떼자마자 아버지 담배 심부름 다닌 신동이라고 말이야."

"큭큭큭큭"

서우진이 소리 내어 웃었다.

'그게 내가 영민하다는 칭찬이고, 재미있는 이야기인가?'

희찬은 동의하지 않았지만 빙긋 웃었다.

"겨우 '아빠' '엄마' 정도 말할 시절인데 아버지 담배 심부름 가서 '88 라이트 한 갑요'라고 또렷하게 말했다니까."

시형이 농담을 이어갔고 서우진은 이번에도 키득키득 소리 내 웃었다.

"선배! 선배라고 불러도 되죠? 학교는 달라도 학번 선배니까."

서우진이 김희찬을 똑바로 쳐다보며 말했다. 지적인 눈빛이었다.

"그럼요!"

"선배 전공은 뭐였어요?"

"불어불문학이었어요."

무엇인가 한두 마디쯤 더 이야기를 이어가고 싶었다. 하지만 도무지 쓸 만한 말이 생각나지 않았다.

"근데, 우리 여기 들어온 지 한 시간이나 지났는데 아직도 소주 한 병이야. 마시자고. 자, 건배!"

시형이 술잔을 들었다.

희찬과 우진도 술잔을 들었다.

한잔을 쭉 들이킨 시형이 호주머니에서 담배를 꺼내면서 자리에서 일어섰다.

"이 몸은 담배 한 대 피우고 올 테니 두 사람 정답~게 이야기 나누고 계시라고."

"선배는 아직도 담배 피워요?"

"아직도 라니? 지금까지 피운 세월보다 앞으로 피울 세월이 더 길어."

"끊었다고 하지 않았어?"

"억지로 하는 건 한번 중단하면 끝이지만 좋아서 하는 건 언제든 새 출발 가능하지."

"하여간 말은. 빨리 갔다 와요."

시형이 나가자 우진이 물었다.

"선배는 담배 안 피워요?"

"피웁니다."

"그럼 같이 갔다 오세요. 번갈아 왔다갔다 하지 마시고."

"아뇨. 괜찮습니다, 아직은…. 그다지 헤비 스모커는 아니라서요."

"시형 선배랑은 입사하고 나서 알게 된 거예요?"

"네. 입사동기. 회사에서 가장 친한 사람입니다."

그때 시형이 자리로 돌아왔다.

시형은 자리에 앉자마자 소주잔을 비웠다. 희찬이 빈 잔을 채웠다.

"근데 말야, 우진. 오늘 이 자리가 무슨 자리인줄 알아?"

"술자리죠?"

"왜 만사를 일차원적으로만 생각하냐. 이 자리가 어떤 자리냐? 이 친구가 마련한 자리야."

"뭔데요? 생일이세요? 아님 승진하셨어요?"

"아니! 며칠 전에 왜, 종로 다기점 앞에서 우리 만났었잖아?"

서우진이 계속 하라는 듯이 고개를 끄덕였다.

"그날 우리팀 회식 날이었는데 길에서 너 만났을 때 이 친구도 같이 있었거든."

"아~! 그러세요?"

길에서 잠깐 스쳤지만 희찬에게는 그날 서우진의 모습이 바위에 새긴 글씨처럼 또렷하게 각인돼 있었다. 하지만 서우진은 희찬을 기억하지 못하는 것 같았다. 그날 봤지만 짐짓 모른 척 하는 표정이 아니라 분명히 처음 보는 사람이라는 얼굴이었다.

"근데 말이야. 길에서 널 처음 본 순간 이 친구가 충격을 먹었다는 거야."

"충격요? 왜요?"

"충격적으로 마음에 든대."

"예…?"

서우진은 아주 짧은 틈을 두고 말을 이었다.

"하하, 희찬 선배는 안목이 높으시네요. 하긴 제가 한 미모하죠."

"한번 꼭 만나게 해 달라고 난리도 아니었어."

"내가 언~제?"

"아니야? 내가 뻥 치는 거야? 지금이라도 이 만남 취소해?"

"그런 말이 아니고…. 간곡히 부탁한 건 사실이지만 난리를 치지는 않았지."

"재밌네요."

서우진이 희찬을 향해 가볍게 미소 짓더니, 시형을 흘끗 쳐다보았다.

4

첫 만남 후 세 사람은 가끔 함께 만났다. 스크린 골프를 치기도 했다. 우진은 이제 막 골프를 배우기 시작했다고 했다. 희찬과 우진 단둘이 만난 적도 있었다. 공통된 화제가 드물어 주로 각자의 직장 이야기나 시형에 대한 험담과 칭찬을 늘어놓았다.

며칠 뒤 세 사람이 다시 만난 날이었다.

"지난번에 우리 둘이 만났는데 우진 씨가 너 칭찬 많이 했어."

희찬의 말에 시형은 심드렁한 표정을 지었다.

"내가 없는 자리에서 내 칭찬을 하다니? 그건 낭비야."

"그래? 그럼 나는 근검절약했네. 너 없을 때 욕 많이 했거든."

"그게 인간에 대한 예의지. 자고로 욕은 뒤에서 하는 법이니까."

그렇게 말하며 시형은 킬킬 웃었다.

시시콜콜한 이야기가 이어지다가 끊겼고 화제는 계통 없이 이리저리 뛰어다녔다.

담배를 피우러 밖으로 나간 시형은 한참 동안 돌아오지 않았다. 서우진과 둘이 남았을 때 좀 재미있는 이야기를 하고 싶었지만, 어쩐지 둘만 남게 되면 도무지 할 말이 없었다.

"내가 이렇게 재미없는 사람은 아닌데 우진 씨 앞에서는 늘 재미없는 사람이 되어 버리네요."

"괜찮아요. 선배가 누구를 재미있게 해주려고 존재하는 사람은 아니잖아요."

"편지를 보내도 될까요?"

"나한테요?"

"옙."

"어떤 편지요? 설마 종이 편지?"

"예, 종이 편지."

"헐!"

"왜요?"

"요즘 누가 종이 편지를 보내요."

"메일보다 그게 나을 거 같아요. 우진 씨한테 보내는 편지는."

"무슨 이야기를 쓰려고요?"

"그냥 내가 하고 싶은 이야기, 오늘 하루 내가 겪은 이야기를 써서 보내고 싶어요. 답장은 안 하셔도 돼요."

"좋아요. 대신 집으로 말고 회사로 보내 주세요. 편지 봉투에 하트 같은 걸 그리지는 말고요."

"설마요."

그때 시형이 들어왔다.

"어디 갔었어?"

"담배 피우러 간다고 했잖아."

"이렇게 오래?"

"내가 없으니까 지겨웠어?"

김희찬이 무슨 말을 할 틈도 없이 서우진이 끼어들었다.

"선배는 요즘 하루에 담배 얼마나 피워요?"

"그걸 정해놓고 피우냐? 틈틈이 생각날 때마다 피우는 거지. 세상에 피우는 것들은 다 그래. 게으름도 바람도 담배도 틈틈이, 그때그때, 기회 있을 때마다 피워야지. 그걸 작정하고 시간 맞춰 피우다가는 상사한테 찍히거나 애인한테 들키거나 몸 망쳐."

"좀 끊죠? 줄이든가. 뭐 좋은 거라고."

서우진이 못마땅한 표정을 지었다.

"세상에 남자가 끊는 게 네 가지가 있어. 어떤 사람은 한두 가지밖에 없는 경우도 있지만."

"남자가 끊는 네 가지가 뭔데?"

희찬이 시형 쪽으로 고개를 돌리며 물었다.

"담배, 술, 여자, 목숨."

"뭐?"

"사람마다 좀 다르기는 한데, 대체로 그래. 제일 먼저 담배부터 끊고, 그 다음 술 끊고, 그 다음 여자 끊고, 그 세 가지를 다 끊고 나면 이제 끊을 건 목숨 하나 밖에 안 남는 거지. 난 아직 끊을 게 네 개나 있다는 말이야. 그러니까 담배를 피운다는 건 그만큼 내놓을 패가 많다는 말이고."

서우진이 시형의 말을 받았다.

"어련하시겠어요. 어디 하나 진지한 데가 없어!"

"내 말에 뭐 틀린 거 있어?"

"말이 틀리다는 게 아니라 태도가 틀렸다는 거예요, 내 말은."

"속절없이 시간은 가고 있습니다. 자, 한잔 합시다."

희찬이 잔을 들었고 시형도 잔을 들었다. 우진은 잔을 들지 않았다.

"난 하루가 240시간이었으면 좋겠어. 너무 짧아."

시형이 잔을 탁! 소리 나게 탁자에 내려놓으며 말했다.

그는 사람이 놀다가 지겨워서, 지쳐서 그만 놀고 싶을 때, 집으로 돌아가야 하는데, 시간이 다 돼서, 밤이 깊어서 그만 놀아야 한다는 건 참 안타까운 일이라고 했다. 살다가 살다가, 지겨워서 이제 그만 살고 싶어서 세상을 떠나야 하는데, 아직 갈 마음이 없는 사람을 억지로 데려가니 세월이 참 모질다는 말도 했다.

 인류가 지금껏 많은 것을 이룩했지만 이 근본적인 문제를 해결하지 못하고 있다는 점에서 인류 문명은 아직 걸음마 단계라는 말도 했다. 인류 역사가 수백만 년이네, 수십만 년이네 떠들어대지만 해결한 건 겨우 배고픔과 추위를 면하는 정도에 불과하고, 그마저 인류의 절반에만 해당한다는 말도 했다.

5

 그날 밤부터 김희찬은 서우진에게 편지를 썼다. 만나자고 종용하거나 사랑한다는 말을 늘어놓지는 않았다. 자신이 어떤 마음으로 바라보고 있는지는 그녀도 이미 알고 있었다. 그는 다만 소소한 자신의 일상을 우진에게 들려주고 싶었다. 그래서 그녀가 자신을 알아봐 주기를 바랐다.

「오늘 잘 들어가셨어요?

 우진 씨가 이 편지를 받을 즈음이면 이미 너무 늦은 인사가 되겠네요.

 그래도 그냥 지금 시점에서, 지금 마음을 쓰고 싶습니다.

아주 어릴 때, 할아버지 할머니께 종이 편지를 썼던 일, 유치원 다닐 때 '부모님께 편지 보내기'로 썼던 때를 빼면 종이 편지를 써본 일이 없는 것 같아요.

회사에서는 업무 관련으로 e메일을 쓰지만 손 편지를 쓸 일은 없고요.

오늘 저녁에 이야기했듯이 그냥 편하게, 제 기분, 제 생각, 오늘 겪었던 일들 뭐 그런 이야기를 쓸 생각입니다.

우진 씨와 이야기하고 싶은데 그럴 여유도 드물고 또 어찌된 영문인지 우진 씨 앞에서는 말을 잘 못하니까요.

내가 누군가와 이야기 나누는 것에 크게 어려움을 느끼는 편은 아니라고 생각해왔어요.

상대가 누구든 말입니다.

뭐랄까…. 그냥 관계나 나이, 만남의 목적 등에 따라 적당히 조절하며 편하게 대할 수 있는 성격이라고 생각해왔어요.

그런 내 믿음을 깨버린 사람이 우진 씨입니다.

주눅 든 건 아닌데 주눅 든 사람처럼 보이지 않을까 싶어요.」

「지금 푸에르토리코와 쿠바의 야구가 한창입니다.

제가 야구 좋아하거든요.

우리나라 팀 경기가 아니라 흥미가 좀 떨어지지만 그래도 야구는 재밌어요.

야구는 인생과 비슷해요.

실력이 앞선다고 꼭 이기는 것도 아니고 뒤진다고 꼭 지는 것도 아니고.

하지만 인생과 야구는 결정적인 차이가 있어요.

야구는 9회말 투아웃에서 역전승하는 것이 통쾌하지만 인생은 1회부터 리드하는 게 훨씬 좋다는 점. 야구는 케네디 스코어(8대 7 승부)가 재미있다고 하지만 인생이 그러면 스트레스로 병난다는 점.

낮에는 점심 먹고 회사 근처 소공원 벤치에서 커피를 마셨어요.

햇볕이 따뜻하고 다정했습니다.

벤치에 앉아 봄 햇볕을 쬔 게 몇 년만인지 모르겠어요.

그다지 바쁘게 산 것도 아닌데 어째서 해마다 어김없이 쏟아지는 봄 햇볕을 이토록 만나지 못했을까 싶습니다.」

「오늘 제 전화 목소리가 그랬나요?

난 잘 모르겠습니다.

전화를 걸 때 내가 긴장하고 있다고 생각하지는 않았어요.

성격이 좀 예민한 편이기는 하지만 자주 긴장한다거나 사람들 앞에 서면 떨린다는 거나 그런 편은 아닙니다.

그렇더라도 우진 씨가 그렇게 들었다면 그런 것이겠죠.

오늘은 일 마치고 회사 동료들과 술을 마셨어요.

시형이도 같이요.

내심 이 친구가 우진 씨를 불러주면 좋겠다, 기대했는데 시형이는 전혀 친구를 배려할 줄 모르더군요. 나쁜 자식!

오늘 술자리는 즐겁지 않았습니다.

사람들이 술 마시다가 "2차 가자"며 노래방으로 몰려가는 까닭을 알 것 같아요.

앉아서 이야기해봐야 즐거울 것은 없으니 차라리 노래를 불러 억지로라도 유쾌함을 더해보자…. 뭐 이런 마음이 아닐까 싶어요.

술은 누구와 마시느냐가 가장 중요한 것 같아요.

우진 씨와 마신다면 술 종류나 장소와 관계없이 즐거울 겁니다.」

희찬은 하루에 한 통씩, 밤에 잠자리에 들기 전에 편지를 썼고 아침에 출근하는 길에 일부러 길을 돌아 우체국에 가서 부쳤다. 집과 회사를 오가는 동선에는 우체통이 없었다. 그러고 보니 한때 거리에 그처럼 많았던 빨간 우체통이 대부분 철거되고 보이지 않았다.

우체국에 들를 때마다 우진을 만나러 가는 길처럼 설렜다. 이전에는 아침 일찍 일어나는 것이 힘들었지만, 편지를 쓰기 시작하면서 힘들기는커녕 즐거웠다. 아침에 집에서 나가 맨 먼저 하는 일이 우진에게 편지를 부치는 일이었기에 기상이 가벼웠다.

김은수 팀장에게 심한 욕을 먹은 날에는 팀원들이 모두 퇴근하고 없는 사무실에 홀로 남아 편지를 썼다. 팀장에게 욕을 먹었다는 내용, 팀장이 세련된 외모나 지적인 이미지와 달리 꾸중을 아주 모질게 한다는 내용을 썼다가 다른 내용으로 바꾸었다. 뒤에서 직장 상사 욕이나 하는 남자라면 졸렬해 보일 것 같았다.

6

셋이 만나기로 약속한 날이었다.

"갑자기 일이 좀 생겼어. 잠깐 들렀다가 갈게. 두 사람 먼저 만나고 있어."

일을 마치고 사무실을 나서면서 시형은 지하철 반월당역 쪽으로 걸어갔다.

"몇 시쯤 올 수 있어?"

"한 시간 반쯤 뒤에."

"알았어. 빨리 갔다 와!"

희찬은 우진과 만나기로 한 음식점으로 향하면서 여러 가지 생각을 했다. 시형이 늦게 왔으면 좋겠다는 생각을 했고, 둘이 있으면 재미없는 이야기만 늘어놓을 것 같으니 일찍 왔으면 좋겠다는 생각도 했다.

이번에도 우진이 약속 장소에 먼저 나와 있었다. 희찬이 약속 시각에 늦은 것은 아니었다. 그러고 보니 셋이 만날 때 먼저 나와서 기다리는 쪽은 늘 우진이었다.

"일찍 나왔네요?"

희찬이 우진의 맞은편 자리 의자를 빼면서 인사를 건넸다.

"저도 방금 왔어요."

고개를 들어 인사하는 우진의 시선이 희찬의 뒤를 슬쩍

살폈다.

"시형이는 어디 잠시 들렀다가 온대요. 갑자기 일이 생겨서."

"네~."

"이 집은 처음인데 뭘로 할까요?"

희찬이 탁자에 놓인 메뉴판을 펴며 물었다.

"음…, 뭐라도. 선배 좋으실 대로."

"홍어삼합이 있네요. 홍어 먹을 줄 아세요?"

"그럼요!"

"그러면 흑산도 홍어삼합 작은 접시랑, 모듬전 어때요?"

"홍어삼합은 시형 선배 오면 주문하기로 하고 우선 모듬전만 주문해요."

"그게 좋겠네요. 시형이가 홍어삼합 좋아하니까 그 친구 오면 주문하기로 하고, 모듬전과 옥돔구이부터."

희찬이 고개를 뒤로 돌려 '저기요'하며 가게 종업원을 불렀다. 종업원이 다가왔고 희찬이 주문하는 동안 우진은 휴대폰을 열어 어딘가로 문자를 보냈다.

한 시간 반이 지났지만 시형은 오지 않았다. 안주로 나온 모듬전과 옥돔구이 접시가 바닥을 드러내고 있었고 두 병째 소주병 역시 비어가는 중이었다.

"짜식이 늦네. 다른 안주를 하나 더 시킬까요?"

희찬이 손에 들고 있던 휴대폰을 탁자에 올려놓으며 물었다.

"벌써 배부르네요. 우리는 많이 먹었으니까, 시형 선배한테 전화해서 뭘 주문하는 게 좋을지 물어보는 게 낫겠어요."

"그럴까요? 제가 전화 해볼게요."

띠이이이 띠이이이 띠이이이.

신호가 갔지만 시형은 전화를 받지 않았다.

"전화를 안 받네요. 걸어오는 중인가봐요. 길거리가 시끄러워서 못 받는 것 같아요."

"그럼 우선 소주나 한 병 더 마셔요."

우진이 종업원을 불렀다.

세 병째 소주병을 반쯤 비웠을 때 시형의 전화가 왔다. 당초 오겠다고 약속한 '한 시간 반'에서 삼십 분이 더 지나고 있었다.

"어디야? 왜 안 와?"

희찬은 전화를 받자마자 따지듯이 물었다.

"아 미안, 미안. 조금 더 늦을 거 같아. 조금만 더 기다려줘. 미안, 쏘리!"

"빨리 와. 우진 씨 심심해하잖아."

"곧 갈게. 하여간 미안."

휴대폰을 닫는 희찬의 얼굴을 우진이 똑바로 쳐다보았다. 두 사람이 소주를 두 병 반 마셨다. 적어도 한 병 이상을 마신 우진의 볼은 복숭아빛이었다. 하얀 얼굴에 발그스름한 볼, 눈부시게 아름다웠다. 그녀가 크고 이지적인 눈매를 살짝 찌푸렸을 때는 정말이지 양쪽 볼을 두 손으로 감싸고 입 맞추고 싶은 강렬한 충동이 일어났다. 성적인 욕구는 아니었다. 그야말로 그 존재가 너무나 아름다워 그 존재에 몸과 영혼을 밀착시키고 싶었다. 그래서 그 아름다운 영혼과 교감하고 싶었다.

둘이서 소주 세 병을 비웠고 네 병째 소주병을 따서 한잔씩 따랐을 때였다. 시형의 소개로 우진을 만난 이래, 세 사람이 일곱 번 함께 만났고 우진과 둘이서 세 번을 만났지만, 이날만큼 우진이 술을 많이 마신 적은 없었다.

"선배!"

우진이 반쯤 비운 잔을 탁자에 내려놓으며 희찬을 불렀다.

"왜?"

술기운 덕분이리라. 희찬은 가볍게 반말을 했다.

"선배는 사랑이 뭐라고 생각해요?"

우진이 두 팔꿈치를 탁자에 올리고 손바닥으로 자신의

턱과 볼을 감싸며 물었다.

"글쎄, 지극한 마음? 아니다. 사랑을 다른 말로 분명하게 설명할 수는 없으니 '사랑은 사랑이다'는 동어반복이 적합할 것 같아요. 사랑은 반함이고 열정이고 행복이고 그리움이고 애틋함이고 또 기쁨이고 슬픔이고 아픔이니까, 그 모든 것들을 다 포함하고 있으니까, '사랑은 이것이다'라고 한 단어로 정의할 수는 없겠죠. 그러니까 '사랑은 사랑이다'고 하는 게 좋겠어요."

"아-, 질문을 잘못했다. 질문을 바꿀게요. 사랑은 어떤 거라고 생각해요?"

'사랑이 어떤 거라니?'

희찬은 우진이 말하는 '어떤 것'이 무엇을 의미하는지 이해할 수 없었다. 어쨌거나 그 순간 그가 하고 싶었던 말은 '내게 사랑은 서우진이다'였다. 하지만 그렇게 말하는 것은 어딘가 좀 상투적이고 천박하다는 느낌이 들었다.

"어렵네요."

"기다리는 것은 사랑일까? 아니면 기다리도록 하는 것은 사랑일까? 그도 아니면 다가서는 것이 사랑일까? 다가오도록 하는 것이 사랑일까?"

"글쎄…, 옛날이야기에 피치 못할 사연으로 아버지가 어린 자식과 헤어져야 할 때 또는 엄마가 어린 자식 둘을 모두 키울 수 없어 하나를 멀리 보낼 때 거울이나 금속 조각을 쪼개 형제들이 각각 반씩 나눠 갖게 했다잖아요?"

"고구려 주몽이 집 떠날 때 칼을 두 조각으로 잘라 한쪽을 갓난 아들에게 주면서 나중에 찾아오라고 했던 이야기?"

"맞아요. 먼 훗날 두 사람이 만났을 때 두 사람이 아버지와 아들 사이임을 알아보도록 하는 또는 두 사람이 한 부모에게서 태어난 형제임을 알아보도록 하는 징표인 거죠. 사랑은 그런 거 아닐까? 처음 딱 보는 순간, 나의 반쪽임을 금방 알아보는 것."

"사랑은 한눈에 알아보는 거라는 말이에요?"

"나는 그렇게 생각해요. 처음 만난 남녀가 한순간에 사랑에 빠지는 것은 두 사람이 원래 하나였기 때문이라고. 같은 학교 출신이거나 고향이 같아서 또는 취미나 이데올로기가 같아서, 공통된 화제나 관심사가 많아서 서서히 친해지는 것이 아니라, 원래 하나였기에 한순간에 가까워지는 것, 그런 게 사랑 아닐까?"

그날 시형은 오지 않았다.

희찬과 우진이 소주 네 병을 비우고 우진의 혀가 꼬이기 시작했을 때 시형의 마지막 전화가 왔다.

"아무래도 오늘 못 가겠어. 미안해. 우진이한테도 미안하다고 좀 전해줘."

"네가 직접 전화해."

"전화했는데 안 받더라. 휴대폰을 진동 모드로 해놨나 봐."

"지금 앞에 있는데 바꿔 줄까?"

"아니 됐어. 그냥 미안하다고 좀 전해줘."

우진의 눈이 게슴츠레했다.

그녀는 희찬이 지금 받고 있는 전화가 시형의 전화임을 아는 눈치였다.

"그 자식은 안 온대요?"

희찬이 전화를 끊자 우진이 게슴츠레하게 뜨고 있던 눈에 힘을 주며 막말을 했다. 졸업 동기라고 하지만 선배인데.

"으엉, 미안하다고. 오늘은 도저히…."

"됐어요! 미안은 무슨. 우리끼리 마셔요."

"많이 취했는데 오늘은 그만 마실까요?"

"뭘 그만 마셔요! 홍어삼합 시켜요. 저어기요!!! 아줌마, 아저씨!!! 여기 홍어삼합 큰 접시로 하나 주세요. 소주도 한 병요!!!"

서우진이 소주병을 들고 흔들며 종업원을 불렀다.

그리고 두 사람은 여전히 사랑에 대한 정의를 이어갔다.

희찬은 '사랑은 원석' 같은 것이라고 했다. 가공해서 아름다움을 더한 보석이 아니라 원석 그대로 빛나는 것, 다른 사람 눈에는 그저 조금 특이한 광물에 불과할지 모르지만, 어떤 사람의 눈에는 어떤 보석보다 아름답게 빛나는 원석. 가공하지 않은 원석에 반하는 것, 그 원석을 변함없이 사랑하는 것이 자신이 생각하는 사랑이라는 말도 했다.

"그런데 선배."

우진의 목소리는 이제 꼬이다 못해 흐느적거리고 있었다.

"왜?"

"언제까지 나한테 편지 보낼 생각이에요? 벌써 삼백 통 넘은 것 같은데?"

"오늘 아침에 부친 것까지 합쳐서 삼백서른다섯 통이야."

"그래, 언제까지 보낼 거예요?"

"기한 없어요. 우진 씨가 싫다고 하지 않는 한 언제까지라도 계속."

"왜?"

"내가 보내고 싶으니까."

"내 마음은 안 중요하고?"

"중요해. 가장 중요하지. 우진 씨가 보내지 말라고 하면 당장 오늘부터라도 쓰지 않을 거야."

"아니, 계속 써. 계속 보내요."

그렇게 말하고 우진은 탁자에 머리를 대더니 푹 쓰러졌다.

희찬은 택시를 불렀고, 우진의 아파트까지 함께 갔다. 그리고 우진의 집이 있는 503동 앞에서 함께 내려 그녀가 1,2호 라인 공동현관문 안으로 들어가는 모습을 확인한 다음 타고 왔던 택시를 타고 집으로 돌아갔다.

7

동창 모임에 나가도 새로운 소식은 없었다. 시형에게 신문방송학과 동창회는 대학 친구들을 하나 둘 따로 만나는 번거로움을 줄인다는 의미 정도에 불과했다. 졸업하고 3년이 지나자 학창시절 엇비슷했던 친구들의 복장과 용모는 직장에 따라 확연히 달라졌다. 방송국 기자로 취직한 친구들은 정장에 타이까지 깔끔하게 맨 차림이었고 광고회사나 기획사, 신문사에 입사한 친구들은 상대적으로 복장이 자유롭고 느슨했다.

서른 명쯤 모인 자리에서 시형과 우진은 멀찍이 떨어져 앉아 있었다. 다음 달에 결혼한다는 송진우가 일어서서 함께 온 약혼녀를 소개했다.

"벌써 알고 있는 친구들도 있는데…."

"안신영이라고 합니다. 선배님들 잘 부탁드립니다."

진우의 소개에 안신영이 자리에서 일어나 왼쪽과 오른쪽에 앉은 사람들을 번갈아 보며 허리 숙여 인사했다.

송진우의 결혼상대는 올해 문헌정보학과를 졸업했다고 했다. 같은 사회과학대학에 다녔지만 시형은 처음 보는 얼굴이었다. 꽤 미인이었다. 안신영의 인사에 이어 송진우가 몇 마디를 보탰고 두 사람이 좌중을 향해 함께 인사하고 자리에 앉았다. 박수 소리가 잦아들자 송진우 바로 맞은편에 앉아 있는 최태민이 큰소리로 축하했다.

"굼벵이도 기는 재주가 있다더니, 진우가 태어나서 지금껏 이룩한 업적 중에 가장 거룩한 업적이다! 축하한다!!!"

친구들이 킥킥킥 웃었다.

"근데 신영 씨, 진우 어디가 그렇게 좋으세요?"

맞은편 대각선 자리에 앉은 시형의 물음에 안신영은 조금 망설이는가 싶더니 씩씩하게 답했다.

"많이 배려해주고, 많이 챙겨줘요."

"그래요? 아마 결혼하고 좀 지나면 세상에서 신영 씨를 무시하는 사람은 진우뿐일 걸요?"

시형의 농담에 친구들이 하하하하 큰소리로 웃었.

"저런 말을 하고 싶을까."

서우진이 옆에 앉은 친구들에게는 들리지 않을 나지막한 소리로 혼잣말처럼 핀잔을 주었다.

9시를 지나자 친구들이 하나둘 자리에서 일어섰다. 2차로 자리를 옮길 때는 한꺼번에 여러 사람이 빠졌고 여섯 명만 남았다. 여성은 서우진 혼자뿐이었다. 밤에만 영업하는 칠성시장 노상 포장마차로 자리를 옮긴 여섯 사람은 니은(ㄴ)자 모양으로 붙인 자리에 앉았다.

포장마차에 들어가기 전에 시형은 근처 건물의 공용 화장실에 다녀왔다. 먼저 포장마차로 들어간 친구들이 기다란 4인용 의자를 차지하고 앉은 바람에 시형은 우진이 혼자 앉아 있는 2인용 의자에 앉았다.

입학 동기이자 졸업 동기인 남자들과 졸업 동기인 여자들 중에 학창 시절 두 사람이 연인이었음을 모르는 사람은 없었다. 하지만 두 사람이 포장마차 자리에 나란히 앉게 된 것은 우연이었을 뿐 친구들의 배려나 의도는 아니었다. 두 사람이 졸업할 무렵 헤어졌다는 사실 역시 동기들 대부분이 알고 있었다.

"방송국은 월급 많아서 좋겠다."

"같은 한 꼭지를 준비해도 시간과 노력이 몇 배로 더 들잖아."

"기획사는 좀 어떠냐?"

그렇고 그런 이야기들이 이어졌다.

"시형아, 방송 쪽으로 옮길 생각 없어?"

4인석 의자에 앉은 방송 기자인 친구가 시형과 우진쪽을 쳐다보며 말을 건넸다.

"뭐 그다지. 언론사 체질은 아닌 것 같아. 이제 와서 다시 취직 시험 공부하기도 그렇고."

밤 11시를 지나면서 기다란 의자에 앉은 네 사람의 이야기는 주로 업무 관련한 내용이었다. 두 친구는 방송사, 두 친구는 신문사에 근무하지만 같은 언론계통이라 출입처에서 종종 마주치는 모양이었다. 그 사이 2차 손님들이 차례차례 들어왔고 포장마차 안은 소란스러웠다. 왁자지껄한 소음은 4인석에 앉은 친구들로부터 시형과 우진을 갈라놓았다.

"희찬 선배랑 같이 보기로 했던 날 왜 안 나왔어요?"

"집에 일이 좀…."

"안 좋은 일?"

"별 일 아니야. 다 해결됐고."

"졸업한 게 어제 같은데 벌써 3년이 지났네."

"세월 빠르네."

잠시 침묵이 이어졌다.

"나는 하나도 변하지 않았어요."

서우진의 말은 앞쪽 니은자로 꺾인 의자에 앉은 친구들에게는 들리지 않았다. 시형은 대꾸하지 않았다. 대신 잔을 들어 소주를 입에 부어넣었다.

"희찬 선배가 나한테 편지 보내는 건 알죠?"

시형은 말없이 고개를 끄덕였다.

"아무렇지도 않아요?"

시형은 이번에도 대답하지 않았다.

"그 사람이 보내는 편지가 어떤 내용인지 궁금하지 않아요?"

"희찬이가 편지 보내는 이야기 자주 해. 하루하루 즐겁다고."

"누가 들으면 연애편지라도 주고받는 줄 알겠네. 별 내용 없어요. 난 답장 한 적 한 번도 없고요."

"알아."

"선배한테…, 우리 2년은 뭐였어요?"

"시간이 많이 흘렀잖아."

"3년이 지났지만 나는 변한 게 없어요."

시형은 대꾸하는 대신 심각한 표정으로 이야기를 나누는 중인 친구들을 물끄러미 바라보았다. 우진의 시선은 도마 위에서 부지런히 멍게를 손질하는 포장마차 주인의 칼질에 고정돼 있었다. 칼질에 시선을 고정한 채 우진이 나지막이 말했다.

"희찬 선배가 열일곱 통을 더 보내면 삼백예순다섯 통이에요. 1년 365일, 단 하루도 빠지지 않고 편지를 보내오고 있어요."

시형은 여전히 대꾸하지 않았다.

"더는 기다릴 수 없어요. 나는 그냥 평범한 여자예요. 앞으로 열일곱 통, 희찬 선배의 삼백예순다섯 번째 편지를 받으면 그 사람의 사랑을 받아들일 거예요. 요즘 세상에 그런 사람이 어디 있겠어요? 대답도 없는 여자를 기다리며 하루도 빠지지 않고 편지를 쓸 사람이…. 내가 뭐라고…."

"그런 이야기는 그만하자."

"내 말 끝까지 들어요. 지금 통보하는 거예요. 다시 말하지만 나는 평범한 여자예요. 돌아올지, 돌아오지 않을지도 모를 사람을 언제까지 기다릴 수는 없어요. 나를 기다리는 사람을 무작정 기다리라고 할 수도 없고요. 듣고 있어요, 내 말?"

시형은 두 손바닥으로 얼굴을 감싸며 가볍게 문질렀다.

"내 영혼은 빈 의자예요. 아무도 앉는 사람이 없어서 하루하루 먼지만 쌓이고 있어요. 얇은 막에서 시작해서 이제는 제법 층이라고 해도 좋을 만큼 쌓인 이 먼지를 닦아내지 않으면 나는 먼지에 질식해 죽고 말 거예요. 후후 불어버리면 먼지 따위는 금방 날려버릴 수 있다고 믿었던 날들도 있었어요. 하지만 지금은 내가 그 먼지에 파묻혀 죽고 말 것이란 예감이 들어요. 나는 살아 있고 아직은 죽을 수 없어요. 이제 17일 남았어요."

우진은 그 말을 남기고 자리에서 일어섰다. 자정을 지나고 있었다. 친구들은 포장마차 밖으로 따라 나가 우진을 배웅했지만 시형은 의자에 그대로 앉아 있었다.

8

김은수 팀장은 종일 말이 없었다. '빛 축제' 최종 기획안을 완성했는데 사장이 고개를 흔든 것이다. 그렇다고 콕 찍어 문제점을 지적한 것도 아니었다. 사장은 올해 '수성못 빛 축제'를 무슨 일이 있어도 따내야 한다고 압박했다. 축제 대행권을 따낸다고 해도 예산은 4,5억 원에 불과했다. 돈이 문제가 아니라 자존심 문제였다. 경쟁업체인 '엑스라지'가 두 해 연속 '빛 축제'를 따갔다는 사실에 사장이 불쾌감을 넘어 분노하고 있다는 이야기가 회사 안에 돌았다.

'빛의 하모니, 빛의 대화, 빛의 평화, 빛과 음악, 소리 없는 소리-빛의 아우성, 웃음소리 빛…'

벌써 며칠째 갖가지 제목을 꺼내놓고, 그 제목을 빛으로 형상화할 내용으로 꾸며봤지만 팀장은 고개를 저었다.

"그냥 어느 정도 잘해서는 따낼 수 없어. '엑스라지'가 내놓은 것들을 봐. 그냥 평범해. 그런데 그게 먹혀? 왜일까? 제안서에 드러나 있는 것 외에 우리가 모르는 뭔가가 있다는 말이야. 그런데 우리는 그게 뭔지 몰라. 그럼 대책은 뭐야? 그 어떤 이유, '엑스라지'의 그 어떤 장점도 무력화시킬 수 있는 이야기를 우리가 제시해야 해. 지금까지 우리가 꺼낸 이야기들이 그 어떤 것도 무력화시킬 만큼 강렬해?"

김은수 팀장이 옷걸이에서 외투를 걷어 팔에 걸치며 핸드백을 집어들었다.

"울상으로 앉아서 고민한다고 나오는 거 아니야. 머리에 집어넣을 생각을 해야지 쥐어 짜낼 궁리만 한다고 뭐가 나와? 나 먼저 퇴근할 테니까, 당신네들도 나가서 술을 퍼마시든 게임을 하든, 하다못해 길거리에서 낯선 작자들과 주먹질을 하든 영혼에 자극을 주라고!"

팀장의 입에서 나온 '당신네들'이라는 말은 그녀가 지금 매우 더러운 기분임을 적나라하게 드러내는 것이었다. 당신네들과 함께 일하는 내가 한심해 죽겠다는 의미가 담겨 있었다. 그녀가 한때 자주 썼던 '영덕 가라'는 말이 약간의 장난을 담은 조롱이라면 '당신네들'은 오롯이 분노로 가득 채운 비난이었다.

팀장이 쌩 찬바람을 일으키며 사무실을 나가자 시형이 출퇴근 때 어깨에 메고 다니는 가방을 꾸리기 시작했다.

"팀장 말마따나 앉아 있는다고 뭐가 나오냐. 행복과 영감(靈感)은 결코 사무실에 있지 않아. 술집에 있지. 나가자."

희찬은 여전히 손바닥으로 턱을 괴고 볼펜을 돌릴 뿐이었다.

"뭐해? 나갈 준비 안 하고."

"나간다고 뭐가 나오냐?"

"앉아 있으면 뭐가 나오냐? 술로 소신공양을 하든, 자기해탈을 하든, 중생구제를 하든, 일단 술상 앞에 앉아야 부처님의 큰 뜻을 마주하든지 말든지 할 것 아냐?"

"에휴~ 그래~. 모르겠다. 나가자."

희찬과 시형은 소고기 숙주볶음을 앞에 두고 마주 앉았

다. 함께 마실 것을 제안했지만 배기재 대리도 다윤도 약속이 있다면 총총히 달아났다. 약속이 있었다기보다 사무실 분위기 안 좋은 날 팀원들과 함께 마셔봐야 좋을 게 없다는 경험칙 같았다.

"그저께 우진이 만났어."

"그래?"

"신방과 동창회했거든. 입학동기가 아니라 졸업동기 동창회."

"우진 씨랑 같이 있었다니 좋았겠다."

"우진이가 그러더라. 앞으로 네 편지 열 몇 통만 더 받으면 삼백예순다섯 번째라고."

"그저께 만났다고? 그날이면 삼백마흔여덟 번째 편지를 받았겠네."

"그걸 세어 가며 보내냐?"

"아니. 그런 건 아닌데 우진 씨한테 편지 보내기 시작한 날짜를 아니까, 저절로 알게 되는 거지."

"너는 그 친구 어디가 그렇게 좋아?"

"어디가? 그렇게 말할 수 있는 건 아니고. 그냥 다 좋아. 보기만 해도 좋고, 생각만 해도 좋고, 편지를 쓸 때도 좋고, 편지 부치러 갈 때도 좋고, 오전 열한 시쯤, 그 사람이 편지를 받았을 시간이구나, 생각하는 것도 좋아."

"우진이가 그러더라. 삼백예순다섯 번째 편지를 받으면 네 사랑을 받아들일 거라고…."

"정말? 그런 말을 했어?"

"짜식이 이게 은근히 끈기가 있어~. 역시 사랑은 쟁취하는 거야. 축하한다 인마!"

시형이 술잔을 들어 희찬의 잔에 쨍 부딪혔다.

"근데 왜 하필 삼백예순다섯 번째일까?"

"하필이라니? 1년 365일 하루도 빠지지 않고 편지를 보낸다는 게 보통 일이야?"

"내 편지나 나한테서 뭔가를 발견했기 때문이 아니라, 단순히 삼백예순다섯 번째 편지라는 이유로?"

"시간이 가도 변하지 않을 네 마음에 감동한 거지. 그런 정성이면 서우진 아니라 누구라도 감동 안 할 수 없을 걸."

"그런 거야?"

"그런 거라니?"

"아니야. 그만하자."

"웬일이래? 우진이 이야기만 나오면 졸다가도 눈에서 불을 뿜는 놈이."

소주를 꽤 많이 마셨지만 희찬은 취하지 않았다. 평소 두 사람이 마신 양보다 한 병을 더 비우고도 희찬은 비교적 멀쩡한 상태로 시형을 배웅하고, 택시를 타고 집으로 갔다.

9

김희찬은 그날 밤에도 우진에게 편지를 썼다. 요즘 '수성못 빛 축제 대행권'을 따내기 위해 골머리를 앓고 있다는 이야기, 저녁에 시형을 만났다는 이야기, 평소보다 조금 더 마셨지만 취하지 않았다는 내용도 썼다. 하지만 시형이 전해준 '삼백예순다섯 번째 편지를 받으면 사랑을 받아들이겠다'는 말에 대해서는 언급하지 않았다.

다음 날도, 그 다음 날도 희찬은 편지를 썼다. 평소와 다름없는 어조, 평소처럼 일상에 관한 내용이었다.

'수성못 빛 축제' 주제를 '이상화, 빼앗긴 들에도 봄은 오는가'를 바탕으로 준비하자는 희찬의 제안에 김은수 팀장은 반색했다. 희찬은 자신이 내놓은 제안의 배경을 설명했다.

하모니니, 평화니, 사랑이니, 화합이니, 음악이니 하는 모든 이야기들은 보편적이기는 하지만 수성못의 정체성을 반영하지 못한다. 그런 주제라면 서울에서 열든, 제주에서 열든, 부산, 울산, 광주, 인천에서 열든 별로 다를 것이 없다.

꼭 수성못에서 열어야 할 이유가 없는 것이다. 하지만 수성못 아래가 바로 이상화 시인이 '빼앗긴 들에도 봄은 오는가'를 썼던 바로 그 '들(논밭)'이다. 수성못의 정체성을 반영하면서도 상화가 봄을 고대했듯이, 이 시대가 지향하고자 하는 '소망'을 빛으로 형상화해 낼 수 있다.

"빼앗긴 들은 이 시대, 우리가 직면하고 있는 과제를, 봄은 우리가 희망하는 바를 담는 겁니다. 수성못의 정체성을 오롯이 살리면서 작금의 현실을 비추고, 시대정신 또는 희망을 담아내자는 것이죠."

"멋지다!!"

"한번 해볼까요?"

"열 개 컷 분량만큼 시나리오 써 봐."

희찬이 소매를 걷어붙이며 자리에 앉았을 때 휴대폰 진동음이 울렸다. 우진이 보낸 문자 메시지였다.

「현대 백화점 야외 광장에서 스페인 디자이너 하이메 아욘(Jaime Hayon)의 설치 작품 전시가 열리고 있어요. 내일 토요일인데 같이 갈래요?」

희찬이 미처 답 문자를 보내기도 전에 우진의 문자가 이어서 왔다.

「12시. 전시장에서 만나요. 별로 넓지도 않으니까 못 만날 리는 없겠죠. 그 많은 사람들 속에서 한번 본 적도 없는 나를 알아본 사람이니까^^」

「시형이한테는 내가 연락할까요?」

「아뇨, 둘이 가요」

「알았어요」

희찬은 휴대폰을 책상에 내려놓으며 책상 달력을 봤다. 그녀에게 365번째 편지가 도착한 날이었다.

10

희찬은 길 건너편에 서서 하이메 아욘의 설치작품이 전시돼 있는 현대 백화점 야외 광장을 바라보았다. 늘어서서 춤추는 듯한 커다란 꽃병(花甁), 가정용 욕조, 기다란 소파 같은 작품들이 전시되어 있었다. 사람 몸집보다 훨씬 큰 닭과 강아지 조형작품도 서 있었다.

세계적인 작가의 전시였지만 관람객은 많지 않았다. 많은 사람들이 오고가는 백화점 앞 광장에 작품을 설치한 만큼 따로 관람료를 받는 것 같지도 않았다. 설치 작품들 사이로 들어가서 일부러 살펴보는 사람들은 드물었고, 대부분 지나가는 눈으로 보는 정도였다.

서우진은 기다란 녹색 소파 작품을 살펴보는 중이었다. 베이지색 바지에 옅은 하늘빛 재킷, 가벼운 펌이 들어간 머리, 길 건너편, 꽤 떨어져서 바라보아도 그녀는 아름다웠다. 이목구비나 체형, 옷맵시가 아름답기에 아름다운 것이 아니라 그녀이기에 그녀는 아름다웠다. 길 건너편에서는 보이지 않았지만 아마 오늘도 그녀는 통굽 미들 힐을 신었을 것이다.

시계 바늘은 우진과 만나기로 한 정오를 향하고 있었다. 희찬은 횡단보도 앞에서 망설였다.

'길을 건너야 할까, 건너지 않아야 할까.'

하이메 아욘의 전시에 함께 가자는 우진의 문자를 받았을 때부터 줄곧 떠나지 않는 질문이었다. 횡단보도 신호가 파란불로 바뀌었지만 희찬은 도로를 건너지 않았다. 여전히 그 자리에 선 채 설치작품을 감상 중인 우진을 바라보았다. 다시 또 횡단보도 신호가 파란불로 바뀌었지만 희찬은 길을 건너지 않았다. 그저 설치 작품들 사이에 서 있는 서우진을 바라볼 뿐이었다.

우진을 바라보던 희찬의 시선은 설치 작품을 떠나 천천히 백화점 오른쪽 벽면의 쇼윈도로 향했다. 쇼윈도 안에는 깔끔한 정장에 루이비통 가방을 든 여자가 성큼성큼 큰 걸음으로 걷는 광고 사진이 붙어 있었다.

이윽고 희찬의 시선은 루이비통 광고를 지나 그 옆 쇼윈도, 청바지를 입은 백인 여성 광고로 옮아갔다. 그리고 마침내 백화점 벽면을 벗어났다. 시선이 백화점 벽면에서 벗어날 즈음 희찬은 우두커니 서 있던 자리에서 떠나 반월당 지하철 입구를 향해 천천히 걸어갔다. 그리고 계단을 내려갔다.

11

설치작품 관람을 끝낸 우진은 백화점 건물을 등 뒤로 한 채 앞 도로를 바라보며 꼿꼿하게 서 있었다. 세계적으로 명성이 자자한 디자이너라고 했지만 하이메 아욘의 설치 작품은 대단하다는 느낌이 들지 않았다. 사람들한테 대놓고 말할 수야 없겠지만 솔직히 예술적 감동은 없었다. 예술품과 생활품의 경계를 허무는 것, 예술과 생활의 경계 또는 간극을 허무는 것이 작가가 추구하는 예술 세계인지 모르겠다는 생각이 들기는 했다.

어쨌거나 상관없는 일이었다. 전시를 보러 나온 것은 아니었다. 김희찬과 만나기로 약속한 장소이기에 둘러보고 있을 뿐, 굳이 감상하고 싶은 마음은 없었다.

'12시 10분.'

희찬과 만나기로 약속한 시각에서 10분을 지나고 있었다. 여태 약속 시각에 늦은 적이 없는 사람이었다. 희찬과 둘이 만나거나 시형과 함께 셋이 만나는 날, 우진이 약속 시각보다 좀 일찍 도착해 기다리는 경우는 흔했지만 희찬이 약속한 시각에 늦은 적은 없었다.

'무슨 일이 생긴 것일까?'

그때였다.

핸드백 안에서 휴대폰 진동음이 울렸다.

'좀 늦는다'는 김희찬의 전화일 줄 알았는데 시형이었다. 우진은 휴대폰 화면에 '나의 데이브'라고 뜬 글씨를 잠시 바라보았다. 진동음은 계속 울렸다. 우진은 전화를 받지 않고 휴대폰을 도로 핸드백에 집어넣었다. 잠시 후 휴대폰 진동음이 또 울렸다. 우진은 이번에는 핸드백을 열지 않았다. 그리고 이미 둘러본 하이메 아욘의 작품을 다시 찬찬히 둘러보기 시작했다. 얼마 후 휴대폰 진동음이 또 울렸다. 우진은 이번에도 전화를 받지 않았다.

지하철역으로 들어온 희찬은 2호선 탑승구로 향했다. 토요일 낮이라 반월당 환승역은 1호선과 2호선에서 내리고 타려는 사람들로 북적거렸다. 열차가 도착하자 사람들이 우르르 몰려나왔다. 한낮이라 반월당역에서 내리는 사람이 타려는 사람보다 훨씬 많았다. 열차에 탑승한 희찬은 자리에 앉아 휴대폰을 꺼내 우진에게 문자 메시지를 보냈다.

"오늘 약속 장소에 못 나갈 것 같아요. 미안해요. 다음에 시형이랑 같이 봐요."

리에의 사랑[1]

1

 여름 방학을 이틀 앞둔 7월의 교정은 열기로 뜨거웠다. 한 학기 동안 수고하신 선생님들에게 감사와 위로를 전하는 교직원 체육대회 날이었다. 이글이글 타오르는 태양의 열기와 청군 백군의 응원 열기에 운동장은 펄펄 끓어올랐다. 가슴을 조이고 어깨를 짓누르던 기말고사 긴장감은 말

---

[1] 리에의 사랑. 이 소설은 일본 작가 고바야시 마사루(小林勝)가 1957년 일본 잡지 문학계(文學界)에 발표한 단편소설 〈일본인 중학교〉를 리메이크한 작품이다. 구체적으로 밝히자면 고바야시의 작품을 읽어보지는 못했고, 그 작품을 다룬 논문 '금지된 된 향수'(原 佑介;하라 유스케 교수 지음, 이정화 교수 옮김)중 몇 쪽을 읽었고, 거기서 영감을 받아 이 소설을 썼다. 이 소설 '리에의 사랑'과 고바야시의 소설 〈일본인 중학교〉는 줄거리와 구성, 소설이 말하고자 하는 바는 아마 다를 것이다.

끔하게 사라졌다. 다소 만족스럽지 못한 성적표를 받아든 학생들도 방학을 기다리는 설레는 마음은 같았다.

선생님들의 배구대회가 한창이었고 아이들은 저마다 담임 선생님이나 자신이 속한 팀을 응원했다. 학기 내내 선생님들께 격려를 받거나 꾸중을 듣던 학생들이 오늘만큼은 선생님을 격려하거나 야유할 수 있는 날이기도 했다.

학생 연대장이자 백군 응원단장인 사사키 료마의 응원은 압도적이었다. 군인이 되고 싶어 하는 사사키는 평소 복도에서도 절도 있게 걸었고, 선생님들의 질문에 우렁차게 대답했다. 보통 때라면 혹은 다른 학교에서라면 사사키의 그런 태도는 놀림감이 되었을지도 모른다. 그러나 태평양 전쟁이 한창이었고 80연대와 인접한 대구중학교의 분위기는 반도의 다른 어떤 학교보다 군대와 닮은 면이 많았다. 백군 응원단을 이끄는 사사키의 구호는 마치 '돌격 앞으로!'를 외치는 전장 소대장의 외침 같았다.

"보라! 저 용맹한 모습을! 외쳐라, 승리를!"

사사키는 흡사 분노에 가까운 목소리로 백군 응원단을 질타했다.

"못난 놈들, 대체 어디까지 못난 모습을 보여줄 작정인가! 더 크게, 더 크게! 대일본 제국의 학생답게 더 크게!"

사사키의 질타에 후배들은 목이 터져라 고함을 질렀다. 목젖이 보일 정도로 입을 크게 벌리고 고함을 질렀지만 사사키의 갈망을 채울 수는 없었다. 선창하는 사사키의 목소리가 80명이 넘는 3,4학년들의 목소리를 압도할 정도였다.

"여학생은 일본인이 아닌가? 모깃소리는 집어치워라! 대일본 제국의 여학생답게 굴란 말이다!"

사사키의 질타에 백군 여학생들은 울상을 지으면서도 어쩔 수 없이 빽빽 고함을 질러댈 수밖에 없었다.

대구중학교는 보병 제80연대와 철조망을 경계로 남북으로 맞닿아 있었다. 철조망 너머로 들려오는 군가와 훈련 중인 병사들의 고함 소리 사이렌 소리는 태평양의 전세가 불리하다는 엄중한 상황과 어울려 묘한 긴장감을 전하는 동시에 전의를 불태우게 했다. 군인들이 우르르 지축을 울리며 달리는 군홧발 소리는 천지를 울리는 북소리가 되어 교실에 앉은 남학생들의 영혼을 강타했다. 교과목을 가르치는 선생님의 작은 목소리는 둥둥둥 영혼을 울리는 북소리에 묻혀 소멸되곤 했다.

사사키는 1학년 때부터 4학년 때까지 줄곧 장래 희망을

'항공병'이라고 학생생활부에 적어왔다. 그는 빨리 중학교를 졸업하고 육군항공사관학교에 진학해서 항공병이 되고 싶다고 입버릇처럼 말하곤 했다. 반드시 항공병이 되어 일본 제국의 원수 귀축영미(鬼畜英米·귀신·짐승과 다를 바 없는 영국과 미국)를 격멸하겠다고 다짐했다. 전투 중에 폭탄이 다 떨어지면 적 함대를 향해 돌진하겠다는 말도 했다. 장렬히 전사해서 일본의 남아로 영원히 살고 싶다는 말이었다.

사사키는 또래 학생들이 일 년에 한두 번쯤 으레 시달리기 마련인 침울함에 빠진 적조차 없었다. 못마땅한 일, 기분을 울적하게 만드는 일이 없었던 것은 아니다. 하지만 철조망 너머 보병 제80연대에서 들려오는 우렁찬 군가 소리, 기숙사 창문 너머로 보이는 병사들의 치열한 훈련 모습을 바라보노라면 울적한 기분은 어느새 사라지고 전의가 불타올랐다. 그의 체육 과목과 교련 과목 성적은 늘 최우등이었다. 작년 가을 80연대 영내에서 진행된 3일간의 군사훈련에서는 5개 학년 전체 학생 중에서 최고 성적을 받아 80연대장의 표창도 받았다. 선배들까지 거뜬히 능가할 정도로 그의 실력은 우수했다.

하긴 용감한 남학생, 군인이 되고 싶은 남학생이 사사키

뿐만은 아니었다. 보병 제80연대가 주둔하고 있는 대구부는 조선 반도 내에서도 이름난 군사도시였다. 게다가 대구중학교 학생들 중에는 아버지가 군인인 학생들이 많았다. 장교와 하사관의 아들, 헌병의 딸들, 군속(軍屬)들의 자제들 말이다. 그들 중 상당수는 장래 희망을 군인이라고 밝혔다. 그것이 사사키처럼 주체할 수 없이 가슴 깊은 곳으로부터 터져 나온 욕망인 학생들도 있었고 달리 길이 없으니 군인의 길을 걸을 수밖에 없다고 생각하는 학생들도 더러 있었다. 어쨌거나 그들은 군인의 자제들이었고 군인의 길을 걸어갈 학생들이었다.

80연대 병사들이 한 달에 한 번 도심을 행군할 때 대구부 주민들이 거리로 나와 구경했다. 5만의 일본인뿐만 아니라 12만에 이르는 조선인들도 그 늠름한 모습에 벅찬 감동을 받았다. 도심을 행군하며 땅바닥을 힘차게 구르는 병사들의 군홧발 소리에 남학생들은 자기도 모르게 두 주먹을 불끈 쥐곤 했다.

80연대에서는 매년 4월 18일 '군기제(軍旗祭)'가 열렸다. 천황폐하로부터 80연대 연대기(聯隊旗)를 수여 받은 날이었다. 부대에서 열리는 축제에 군인들은 물론이고 시민들과 학생들까지 참가해 부대창설을 기념했다. 바람에 나부끼는

찬란한 군기, 하늘을 찢어놓을 듯 울려 퍼지는 군인들의 함성, 지축을 울리는 군홧발 소리, 대구부 주민들의 응원은 온 세상 끝까지 대일본의 전진을 알렸다.

그 모습을 바라보며 그 함성 속에 서 있노라면 비록 장병이 아닐지라도 터질 듯이 끓어오르는 군인정신에 휩싸이게 마련이었다. 장병들은 물론이고 학생들까지 일체가 되어 위무도 당당하게 분열식을 행할 때 일본인이라면 누구나 가슴에서 솟아나는 눈물을 흘렸다. 나 자신이 대일본 제국의 신민이라는 사실, 기세 좋게 도심을 행군하는 병사들과 함께 천황 폐하를 우러러 모시고 있다는 사실, 귀신같은 영국과 짐승 같은 미국을 몰아내기 위해 모두가 하나 되어 목숨을 바치기로 맹세했다는 사실은 거대한 자부심이 되어 가슴을 묵직하게 채웠다. 뒷골목에 쪼그리고 앉아 콧물이나 훌쩍이던 조무래기들도 이날만큼은 병사들의 군가 소리에 취해 어깨를 활짝 펴고 보무당당하게 걸었다.

몇 달 전인 올해 4월에 열린 군기제에서 사사키는 학생 대표 연대장으로 봉고문(奉告文)을 낭독했다. 군기제 봉고문 낭독자로 결정된 후 사사키는 하루에 백 번도 더 봉고문 낭독 연습을 했다.

"우리 대구중학교 남녀 학생들은 자신을 엄격히 훈련하

고, 상하가 일체로 단결하여 군인정신을 단련하고, 위무 당당하게 계림의 땅을 수호하고, 밤낮으로 노력과 전진을 즐거이 여기고, 명예로운 군기의 영예를 빛내며, 천황 폐하와 대일본 제국의 영광을 받들어 모심에 한 치의 흐트러짐이나 게으름이 없도록 할 것을 맹세합니다. 제80연대 만세! 대구중학교 만세! 대일본 제국 만세! 천황 폐하 만세!"

 백군 응원단장 사사키가 학생들을 독려하며 열렬히 응원했지만 백군 선생님들은 열세를 면치 못했다. 첫 경기로 치러진 축구에서도 백군은 청군에 3대 1로 패했고, 두 번째 경기인 배구에서도 첫 세트를 내주었고 두 번째 세트도 9대 3으로 청군에 뒤지고 있었다.
 청군의 우메하라 게이이치 선생님은 그야말로 숫말처럼 뛰어다녔다. 축구에서도 그는 혼자 두 골을 넣었고 청군이 넣은 세 번째 골 역시 그가 결정적으로 도움을 준 골이었다. 배구 경기도 마찬가지였다. 우메하라는 큰 키와 늘씬한 몸으로 코트를 누볐다. 빈 곳을 향해 백군 선수가 강스파이크를 기막히게 질러 넣었다 싶었는데 어느새 우메하라 선생님이 늘씬한 몸을 날려 공을 걷어 올렸다. 우메하라가 있는 한 빈 곳을 찾아내기는 어려워 보였다. 그의 거미줄 같은 수비벽은 어떤 공도 놓치지 않았다. 두 달 전, 그가 대구 중학교에 오기 전까지, 그러니까 지난해 교직원 체육대회까지만 해도 청군과 백군 중 어느 한 쪽이 일방적으로 경기를 주도하는 경우는 없었다.

영어 교사로 총각인 우메하라 선생은 학생들 사이에서 인기가 많았다. 키가 크고 얼굴이 흰 미남이었다. 무엇보다 그의 아름다운 도쿄 말씨에 여학생들은 얼굴을 붉혔고, 그 앞에 서기라도 할 때면 뛰는 가슴을 주체할 수 없었다. 학생들 특히 여학생들은 우메하라 선생님이 이번 교직원 체육대회에서 자신이 속한 편이 되기를 소망했다. 추첨을 통해 선생님들을 청군과 백군으로 나눈 결과, 우메하라 선생님이 청군에 속하게 되자 백군에 속한 여학생들은 아쉬움과 슬픔이 배인 한숨을 내쉬었다.
"하필 우메하라 선생님이 청군이 될 게 뭐람."
백군 응원단에서 누군가 불만을 터뜨렸다.

리에는 자신의 반이 속한 청군에 우메하라 선생님이 배치됐다는 말을 들었을 때 세상을 다 얻은 듯이 기뻤다. 우메하라 게이이치 선생님이 얼마나 스포츠를 잘하는지는 오늘 아침까지도 알지 못했다. 다만 그를 응원하고 싶었다. 청군이 아니라 우메하라를 응원하고 싶었다. 그러나 만일 우메하라 선생님이 백군에 속했더라면 청군이 이겨도 불만이고 져도 불만일 것 같았다. 운 좋게 우메하라 선생님이 청군에 속하고 보니 백군 여학생들을 골려주고 싶은 마음도 생겼다. 응원하고 싶은 선생님을 응원하지 못하고 응원하고 싶지도 않은 선생님을 응원해야 하는 백군 아이들 마음은 얼마나 아플까. 크크.

연대장 사사키가 목이 터져라 백군 응원단을 독려했지만, 학생들은 좀처럼 힘을 내지 못했다. 자신이 응원하는 편이 축구에서 진데다 배구까지 끌려가는 형국이었다. 무엇보다 자신들이 좋아하는 우메하라 게이이치 선생님이 상대 팀인 청군에 속해 있었다. 열정을 넘어 분노로 비칠 만큼 열을 올리는 사사키 선배가 두렵기는 했다. 하지만 아무리 그래도 응원하고 싶지 않은 선생님들을 응원하자니 신명이 나지 않았다. 우메하라 선생님이 자기편에 속했더라면 사사키 연대장이 저처럼 열을 올리지 않아도 백군 학생들은 신나게 응원했을 것이다.

2

우메하라 게이이치(梅原圭一).

황홀한 아카시아 꽃향기가 느린 바람을 타고 교정을 휘감아 돌던 날 그가 학교로 왔다. 5월의 첫 번째 월요일이었다. 교장 선생님은 훈화 말씀에 앞서 새로 전근 오신 선생님을 소개했다.

"우메하라 선생님, 앞으로."

학생주임 선생님의 말씀에 학생들 앞쪽에 횡렬로 서 있는 여러 선생님들 사이에서 우메하라가 한 걸음 앞으로 나섰다. 키는 180센티가 좀 넘을 것 같았다. 어림잡아도 다른 선생님들보다 머리 하나는 더 커 보이는 젊은 남자 선생님이었다. 겨울 하늘보다 더 선명한 푸른색 양복에 빨간 넥타이를 매고 있었다. 양복 속에 감춰진 굳건한 어깨와 단단한 다리를 상상하며 리에는 살짝 얼굴을 붉혔다.

"새로 3,4학년 영어 지도를 맡으실 우메하라 게이이치 선생님입니다. 일동 차렷! 우메하라 선생님께 절!"

학생들이 절을 하느라 고개를 숙였지만 리에는 우두커니 서서 우메하라 게이이치 선생님을 바라보았다. 학생주임 선생님의 목소리가 들리지 않았던 것이다. '절하라'는 선생님 목소리가 귀에 도착했지만 들리지 않았다고 해야

옳을 것이다. 학생들이 모두 고개를 숙였고 멍하게 고개를 들고 있던 리에는 담임 선생님인 우에요기 나츠미 선생님과 눈이 마주치자 당황하며 고개를 숙였다.

"저는 올봄에 도쿄고등사범학교 영어영문학과를 졸업한 우메하라 게이이치입니다. 여러분들 잘 부탁합니다."

우메하라 선생님이 자기소개를 했을 때 리에는 전율했다. 그의 입에서 구슬처럼 굴러 나온 말씨는 내지(內地)의, 그것도 도쿄 사람들이 쓰는 표준어였다. 리에가 밤마다 이불을 뒤집어쓰고 부모님 몰래 듣던 라디오 방송에서나 듣던 아름다운 억양이었다. 혀끝을 말듯이 굴리는 소리, 어머니와 아버지의 말씨를 본받은 리에의 후쿠오카 억양을 단번에 촌스럽게 만들어버리는 소리였다. 이제 막 사범학교를 졸업했으니 스무 살, 많아야 스물한 살쯤 되었으리라. 리에보다 다섯 살쯤 많을 것이다. 우메하라 선생님의 도쿄 말씨와 나이를 생각하니 리에의 얼굴이 붉어졌다.

우메하라 선생님이 부임하기 전까지 리에는 친구들과 재잘거리기 좋아하는 여학생이었다. 자신의 말에 친구들이 귀 기울이기를 바라며 종일 재잘거렸다. 우메하라 선생님이 온 뒤로도 여전히 재잘거렸다. 그러나 영어 시간만 되면 리에는 입을 다물고 말았다. 단 한마디도 할 수 없었다.

    우메하라 선생님이 아름다운 도쿄 말씨로 '누가 한번 읽어볼 사람?'이라고 물어도 리에는 결코 손을 들지 않았다. 반 학생들 중 누구보다 영어 읽기에 자신이 있었고 이전까지는 누구보다 먼저 손을 들던 리에였다. 하지만 아름다운 도쿄 말씨를 쓰는 우메하라 선생님 앞에 감히 어떻게 촌스러운 후쿠오카 억양으로 책을 읽을 수 있다는 말인가.

    영어 시간만 되면 리에는 침묵했을 뿐만 아니라 학생들 중 누군가가 책을 읽겠다고 손을 들면 원망의 눈초리를 보냈다. 동급생들 중에는 부모님의 고향이 도쿄인 학생이 없었고 그래서 그들의 발음은 모두 촌스러웠다. 영어는 부모님의 출신 고향과 아무런 연관이 없는 외국어였다. 그럼에도 고향의 억양이 영어에 묻어 나오기 마련이었다. 후쿠오카 말씨인 리에의 영어에도 어쩔 수 없이 후쿠오카 억양이 진하게 배어났다.

    리에의 귀에 아버지와 어머니의 고향인 후쿠오카는 물론이고 나고야, 난부, 사쓰마, 심지어 오사카 말씨 역시 상스럽기는 마찬가지였다. 뭐랄까, 후쿠오카 억양은 촌스럽기 짝이 없을 만큼 투박했고, 오사카 억양은 시끌벅적하고 약은 장사치 같은 느낌을 주었다. 아무렇지도 않았던 동급생들의 말씨가 우메하라 선생님이 오신 뒤로는 참고 들어주기 힘들 만큼 불쾌한 말씨가 되고 말았다.

리에는 모든 학생들이 책 읽기를 거부하고 그래서 우메하라 선생님이 어쩔 수 없다는 표정을 지으며 그 아름다운 도쿄 말씨로 영어 문장을 읽어주기를 바랐다. 일본어가 아닌 영어를 읽을 때도 도쿄 억양은 여전히 아름다웠다.

리에는 침묵함으로써 자신의 촌스러운 후쿠오카 억양이 세상 밖으로 나와 우메하라 선생님의 아름다운 귀에 들리는 것을 경계했고, 침묵함으로써 우메하라 선생님의 아름다운 도쿄 말씨를 듣고 싶어 했다. 우메하라의 굴러가는 듯한 어딘가 미끄러지는 듯한 말씨를 듣고 있노라면 야릇한 몽상에 빠져들곤 했다. 그리고 그런 날에는 집으로 돌아가 짜증을 내곤 했다.

"엄마는 왜 도쿄에서 태어나지 않으셨어요?"

"어쩜 그런 말을 하니?"

"이게 뭐야? 이 촌스러운 목소리를 어떡하라고?"

"어머 별소리를 다 하는구나. 리에짱의 목소리가 얼마나 예쁜데?"

"목소리가 예쁘면 뭐해? 말씨가 촌스럽잖아!"

"왜? 누가 무슨 가슴 아픈 말이라도 했니?"

"아~ 몰라 몰라. 짜증 나."

리에는 방문을 소리 나게 닫고 안으로 들어가 버리기 일쑤였다. 어머니와 아버지가 후쿠오카에서 태어난 것은 두 분의 잘못이 아니다. 우메하라 선생님이 도쿄에서 태어나 도쿄에서 학교에 다닌 것 역시 그의 선업 덕분이 아니다. 리에 자신이 내지가 아니라 조선 반도에서 태어나 완전한 후쿠오카 말씨도 아닌 정체를 알 수 없는 말씨, 그러니까 이 지방 저 지방 억양이 조금씩 섞인 반도 일본인 특유의 말씨를 쓰는 것 역시 자신의 잘못이 아니었다. 그럼에도 화가 나는 것은 어쩔 수 없었다.

3학년 때는 태어나서 처음으로 도쿄로 수학여행을 다녀왔다. 3박 4일의 수학여행 동안 리에는 도쿄 말씨를 익히려고 부지런히 애를 썼다. 수학여행에서 돌아온 뒤 마쓰모리 카나에와 사이키 소노코까지 세 사람이 이제는 도쿄 말씨를 쓰자고 굳게 약속도 했다. 그러나 보름도 가지 않아 말씨는 어느새 후쿠오카 출신의 부모를 둔, 반도에서 태어난 일본인의 촌스럽고 우매한 말씨로 돌아가 있었다. 카나에나 소노코도 마찬가지였다.

자기소개를 마친 우메하라 선생님은 무표정한 얼굴로

서 있는 선생님들의 횡렬에 들어갔지만 단연 눈에 띄는 존재였다. 머리 하나가 컸기 때문만은 아니었다. 대부분의 선생님들이 입고 있는 카키색 국민복과 다른 푸른 양복 때문만도 아니었다. 그는 달랐다. 콕 집어 무엇, 무엇이 다른 것이 아니라 모든 것이 달랐다.

첫 부임 날을 제외하면 우메하라 선생님도 다른 선생님들과 마찬가지로 카키색 국민복을 입었지만 그는 어디에서나 돋보였다. 저 멀리서 한 무리의 선생님들이 함께 걸어오고 있어도 그는 홀로 우뚝했다.

감기 편하게 머리카락을 짧게 자른 다른 남자 선생님들과 달리 우메하라 선생님은 젊음을 발산하는 숱 많고 검은 머리카락에 기름을 발라 맵시 있게 올려붙였다. 작고 마른 다른 선생님들과 달리 큰 키에 곧고 늘씬하게 뻗은 허리. 어릴 때부터 오랫동안 게다를 신는 바람에 안짱다리처럼 되어버려 깐죽깐죽 걷는 대부분의 남자 선생님들과 다르게 우메하라 선생님은 시원시원하고 힘차게 다리를 뻗었다. 말 그대로 그는 청춘의 상징이며 아름다운 도쿄의 상징이었다. 그러나 그 때문만은 아니었다. 흰 얼굴과 당당한 덩치 때문만도 아니었다. 우메하라 선생님은 그 모든 것이 집적된 존재, 세상에서 가장 생기 넘치고 가치 있는 남자, 싱그럽게 넘실대는 강물이었다. 그 부풀고 푸른 강물에 발을 담그면 리에 자신도 금세 푸른 물빛으로 물들 것만 같았다.

    대구중학교의 선생님들은 지쳐 있었다. 선생님들뿐만 아니라 대구부민, 아니 모든 일본 신민들이 지쳐 있었다. 1941년 시작한 전쟁이 4년째 이어지는데다, 패색이 짙다는 소문이 파다했다. 진주만 공습을 시작으로 선전을 펼쳐온 태평양 연합함대는 괴멸했으며, 태평양 제공권을 상실했다는 소문까지 나돌았다.

    학교는 끝없는 공출과 노역, 군사훈련에 시달렸고 선생님들은 자주 짜증을 내거나 한숨을 쉬었다. 학생들에게는 전시임을 명심해야 한다고, 군인정신으로 단련해야 한다고, 전선의 신군과 후방의 신민은 일체가 되어야 한다고 입버릇처럼 말하면서도 그들의 어깨는 늘어졌고, 검은 얼굴에 깊게 패인 주름마다 피로가 배어 있었다.

    우메하라 게이이치 선생님은 달랐다. 그는 늘 활기찼으며 어떤 경우에도 미소를 잃지 않았다. 그가 싱긋 미소 지을 때는 어디선가 봄바람이 일어나 살랑거렸고, 그가 호탕하게 활짝 웃을 때는 온 세상이 와자지껄 유쾌하게 웃는 것 같았다. 우메하라 선생님의 유난히 흰 이가 햇빛을 받아 빛났을 때, 리에는 강물 속에서 햇빛에 빛나는 자신만의 조약돌을 발견한 기분이었다.

얼마 전 점심시간에는 우메하라 선생님과 부딪힐 뻔한 일이 있었다. 리에는 국어 시간에 암송할 시를 한 줄 한 줄 외우면서 걷는 중이었다. 목조로 지은 교사(校舍) 창문 밖으로 남학생들이 고개를 내밀고 운동장에 나와 있는 남학생들을 향해 무엇이라고 고함을 질러대고 있었다. 아무렇지도 않았던 동급생들의 고함소리가 언제부터인가 조무래기들의 유치한 칭얼거림으로 들렸다. 리에는 남학생들이 비명 같은 소리를 질러대도 이제 더 이상 돌아보지 않았다. 녀석들이 고함을 지르든 싸우든 웃든 울든 무슨 상관이란 말인가!

아름드리 느티나무가 서 있는 4학년 2반 교실 앞을 지나 리에는 교사(校舍)의 서쪽에 있는 수돗가로 천천히 걸어가는 중이었다. 물을 마실 생각은 없었다. 그저 이쪽에서 저쪽으로 걸으며 점심시간이 끝나기 전에 시를 다 외우고 싶었다. 그때 머리 위에서 어떤 학생이 드르륵 창문을 올리고 총채를 터는 게 보였다. 아침에 감은 머리 위로 행여 먼지라도 앉을까 싶어 서둘러 걷는다는 것이 그만 동서로 늘어서 있는 교사의 중간 통로에서 나오던 우메하라 선생님과 부딪힐 뻔했다. 우메하라 선생님은 '어이쿠!' 하면서 살짝 몸을 돌려 피했다. 그가 피하지 않았다면 두 사람은 틀림없이 부딪혔을 것이다.

어쩌다가 그런 일이 발생했을까. 저 멀리서 우메하라 선생님이 다른 여러 선생님들과 함께 걷고 있을 때도 단번에 알아보는 그녀였다. 보이지 않는 곳에서 우메하라 선생님이 불쑥 나타나도 금방 알아차릴 수 있었다. 그런데 그날은 왜 그랬을까. 리에는 자신이 미쳤다고 생각했다. 그러나 그날의 어처구니없는 실수는 리에에게 형언할 수 없는 행복감을 안겨 주었다.

"스미마셍! 스미마셍!"

리에는 연방 허리를 숙였다. 자신의 후쿠오카 말씨가 어떻게 들릴지 걱정할 겨를도 없었다. 선생님과 부딪힐 뻔했던 것이다. 호통이 떨어질 것이라고 예상했지만 우메하라 선생님은 하얀 이를 살짝 드러내며 웃었다.

"리에짱 괜찮아?"

"스미마셍."

리에는 고개를 들지도 못한 채 허리만 연방 숙였다.

"너무 그렇게 미안해하지 않아도 돼. 우리 둘 다 앞을 살피지 못해 부딪힐 뻔한 건데 리에짱이 그렇게 미안해하면 나도 무척 미안해해야지 않아?"

"선생님 정말 죄송해요."

"아, 참. 그러지 말래도. 그럼 나도 스미마셍."

우메하라 선생님이 고개를 살짝 숙였을 때 리에는 심장이 멈추는 것 같았다. 그 순간 자신이 세상에서 가장 행복한 여자라고 생각했다.

'어쩜 선생님이 나한테 이렇게 하실까.'

빡빡머리에 언제나 참나무로 만든 작달막한 지휘봉을 들고 다니며 잔소리를 하시는 혼조 선생님이었다면 대뜸 "그렇게 정신을 다른 데 팔고 다니는 것은 위험하지 않나!"라고 소리쳤을 것이다. 어쩌면 교무실로 불러 반성문을 쓰라고 했을지도 모른다. 그러나 우메하라 선생님은 달랐다. 국민학교 때부터 중학교 4학년이 될 때까지 어떤 선생님에게서도 우메하라와 같은 모습을 본 적은 없었다.

3

우메하라 선생님의 늘씬한 몸이 배구공을 따라 하늘로 힘차게 솟구쳤다.

"강 스파이크!"

리에는 자기도 모르게 소리쳤다. 선생님이 또 한 번 강 스파이크로 백군 코트에 멋지게 공을 꽂아 넣기를 바랐다. 저도 모르게 소리를 지르고 나서는 혹시 자신의 마음을 들킨 것은 아닐까 싶어 주변을 돌아보고 입술에 힘을 잔뜩 주며 입을 꾹 다물었다. 리에가 자신도 모르게 외친 소리에는 확실히 우리 편인 청군이 이기기를 바라는 응원 이상의 감정이 묻어 있었다. 리에는 옆에 앉아 응원하는 마쓰모리 카나에를 슬쩍 훔쳐보았다. 다행히 카나에는 리에의 다소 흥분된 목소리에 묻어나는 속내를 눈치 채지 못한 것 같았다.

　리에의 바람대로 우메하라 선생님은 멋진 스파이크를 날렸고 공은 백군의 코트 바닥에 꽂혔다. 감히 누구도 그의 스파이크를 막아낼 수 없었다. 첫 번째 세트를 가볍게 이긴 청군은 두 번째 세트에서도 17대 6으로 앞서 가는 중이었다. 이대로 간다면 세 번째 세트 없이 두 번째 세트에서 결판이 날 것 같았다.

"리에도 이상한 소문 들었어?"

　리에의 왼쪽에 앉아 있는 사이키 소노코였다.

"무슨….'

　무심한 듯 대답하면서도 리에는 불길한 무엇을 느꼈다. 그럴 리 없는, 그래서는 안 되는 잔인한 소문이었다. 우메하라 선생님이 조선인일지도 모른다는 소문이었다. 저처럼 아름다운 도쿄 말씨를 쓰는 사람, 누구보다 싱그러운 남자가 조선인일지도 모른다는 생각을 하다니! 리에는 말도 안 되는 상상이라고 생각했다.

조심스러운 생각이기는 하지만 누군가가 우메하라 선생님을 심하게 질투하는 것인지도 몰랐다. 그래서 그런 터무니없는 이야기를 수군거리는 것일 수도 있었다. 하지만 우메하라 선생님은 도쿄고등사범학교 영어영문학과를 졸업했다. 학생 주임 선생님도 그렇게 말했다. 내지의 일본인들도 입학하기 어려운 명문학교를 조선인이 졸업할 수는 없을 것이다. 게다가 그의 아름다운 도쿄 말씨는 도쿄에서 태어나 자란 사람이 아니라면 쓸 수 없는 말이다.

"글쎄 이런 말을 해도 되는지…."

소노코는 망설였다. 여학생들의 사랑을 한 몸에 받고 있는 우메하라 선생님이 어쩌면 조선인일지도 모른다는 말은 차마 입에 담기 어려운 말이었다. 공연히 헛소문을 냈다가 급우들의 핀잔을 받거나 따돌림을 당할 수 있다는 차원이 아니었다. 저처럼 아름다운 인격체를 두고 조선인 운운한다는 것은 죄악이라고 해도 과언이 아니었다.

아버지는 입버릇처럼 말씀하셨다. 가장 신뢰할 수 없는

인간이 조선인이라고, 앞에서 허리를 숙이며 비굴하게 웃고는 돌아서서 칼을 들이댄다고, 그래서 어떤 중요한 일도 맡길 수 없다고, 일본인의 원수는 두말할 것도 없이 조선인이라고 말이다. 저처럼 싱그럽고 아름다운 우메하라 선생님을 그런 조선인 곁에 세운다는 것은 상상조차 해서는 안 되는 일이었다.

'어쩜 그런 무서운 말을….'

리에는 원망스러운 낯빛으로 소노코를 쳐다보았다. 그러나 그녀는 금세 명랑한 표정을 지으며 말했다.

"저렇게 멋진 선생님이 조선인일 수 있을까? 저처럼 아름다운 도쿄 말씨를 쓰는 선생님이 말이야."

"리에짱 말이 맞아. 하지만 우메하라 선생님의 숱 많은 검은 머리카락은 어쩐지 일본 남자들의 짧은 머리와 다르지 않아?"

소노코는 여전히 의심을 거두지는 못하는 모양이었다.

"그거야 선생님이 학교를 갓 졸업한 청년이고 여자들한테 잘 보이고 싶어서 일부러 머리를 기르는 것이겠지."

"하얀 이(齒)는 또 어쩌고? 일본 남자 중에 저처럼 이가 흰 사람은 드물지 않아? 조선인들 이가 대부분 하얗잖아…."

"소노코!! 이가 흰 것도 죄니? 괜히 자기 이가 하얗지 못하니까 시기하는 거야? 거무튀튀한 이가 좋다는 거야, 뭐야?"

그렇게 말을 하면서도 걱정이 되는 것은 어쩔 수 없었다. 조선인들은 일본인보다 확실히 이가 희다. 그네들은 어릴 때부터 단것을 먹지 못했기에 이가 튼튼하고 이도 잘 닦기 때문에 이가 희다. 하지만 일본인 중에도 이가 흰 사람은 얼마든지 있다. 가령, 교장 선생님도 이가 흰 편이지 않은가. 비록 머리가 벗겨져서 볼품이 없는 노인네이기는 하지만 말이다.

설령 우메하라 선생님이 몇 가지 조선인의 특징을 갖고 있다고 하더라도 그 아름다운 말씨는 도쿄 토박이임을 증명하는 명백한 증거가 아닌가. 굴러가는 듯한, 혀를 살짝 마는 듯한 세련된 도쿄 말씨는 다른 지방 출신의 일본인들조차 흉내 내기 어렵다. 그것은 작년 도쿄 수학여행 때 소노코도 경험한 일이지 않은가. 하물며 조선인이 저처럼 도쿄 말씨를 흉내낼 수는 없는 것이다.

"사사키는 우메하라 선생님이 도쿄 말씨를 쓰는 것도 조선인이기 때문일지도 모른대…."

"학생 연대장이 어째서 그런 못된 말을!"

"조선말에 어려운 발음이 많아서 조선인들은 굴러가는 듯한 도쿄 말씨를 쉽게 배운다는 거야."

"말도 안 돼."

리에는 크게 한숨을 쉬었다. 그때 마침 배구 2세트가 끝이 났다. 21대 9. 청군의 압도적인 승리였다. 청군 응원단 쪽에서 군가가 터져 나왔다. 남학생 여학생 할 것 없이 모두 군가에 익숙했다. 더구나 대구중학교 학생들은 80연대와 인접해 있어 군가에 더욱 익숙했고 군사훈련에도 능했다. 경성의 한 신문은 전국의 중학교 중에 대구중학교가 군사훈련이 가장 잘되어 있는 학교라고 보도한 적도 있었다. 그 보도가 나왔을 때 교장 선생님은 '군사훈련 최우수 학교'라고 쓴 큰 플래카드를 교문에 한참 동안 걸어두었다.

점심시간에 청군에 속한 학생들은 저마다 싸온 도시락을 들고 흩어져 나무 그늘 아래 자리 잡고 앉았다. 초밥을 먹는 아이들의 표정은 밝았다. 청군 학생들이 숲 그늘에 앉아 느긋하게 식사를 하는 동안 연대장 사사키는 백군 아이들을 재촉해 서둘러 밥을 먹게 한 뒤 모두 햇빛이 쨍쨍 쏟아지는 운동장에 불러 모았다.

사사키는 오전에 백군이 축구와 배구에서 연거푸 패한

것은 응원이 부족하기 때문이라며 열을 올렸다. 이글이글 타는 태양 아래 백군 아이들은 풀이 완전히 죽어 있었다. 자신들이 응원하는 백군이 지는 것도 안타까운데 점심시간마저 뜨거운 햇볕에 빼앗기고 보니 괴로워 미치겠다는 얼굴들이었다.

오후에 남은 경기는 스모였다. 청군과 백군에서 각각 열 명의 남자 선생님들이 나와서 단체전을 펼치게 되어 있었다. 양쪽에서 열 명이 차례로 출전해 한쪽 편 선수들이 모두 쓰러질 때까지 연속해서 겨루는 경기였다. 마지막까지 살아남는 선수가 있는 쪽이 이기는 것으로, 전체 선수들이 차례차례 겨루는 경기였다.

사사키는 스모는 백군이 틀림없이 이길 것이라고, 반드시 이겨야 한다고 핏대를 올렸다. 하긴 스모라면 백군이 승리할 수 있을 것이다. 백군의 구로자와 야스히로 선생님은 스모 선수까지는 아니지만 뛰어난 실력자였다. 군인정신이 투철한 선생님으로 관동군에서 5년이나 복무한 경력을 갖고 있었다. 선생님은 관동군 시절 군부대 내 스모대회에 나가 준우승하면서 포상 휴가도 받았다고 했다. 지난해 교직원 체육대회까지 스모에서는 구로자와 선생님이 속한 편이 늘 승리를 거뒀다. 구로자와 선생님이 몇 번째 선수로 출전하느냐에 따라 그 편에 몇 명의 선수가 살아남는지가 결정될 정도로 선생님의 실력은 월등했다.

 청군과 백군 양쪽에서 각각 열 명씩 마와시[2]를 맨 스무 명의 역사들이 앞으로 나와 인사를 나누고 자리로 돌아갔다. 청군에서 맨 먼저 출전한 역사는 사이토 다카시로 국어 선생님이었다. 우메하라 선생님은 여섯 번째 출전자로 대기했고 백군의 강자 구로자와 야스히로 선생님은 아홉 번째 선수로 대기하고 있었다. 백군으로서는 가장 적절한 대진 순서를 짠 셈이었다. 구로자와 선생님이 너무 앞에 출전해서 일방적으로 이기면 재미가 없을 것이고 또 초반부터 청군 역사들을 상대하다가 힘이 빠지면 최종적인 승리를 놓칠 위험도 있었다.
 청군의 첫 번째 역사 사이토 다카시로 선생님과 백군의 첫 번째 역사 이와세 히카루 선생님이 치카라미즈[3]로 입안을 헹구었다. 전문 스모 선수는 아니라지만 스모 경기라면 역시 전통적인 절차를 무시할 수 없었다. 백군의 이와세 선

---

2 まわし. 우리나라 씨름의 샅바와 같은 것으로 역사(力士)의 계급에 따라 とりまわし와 けいこまわし의 두 종류가 있다.

3 力水: ちからみず. 역사가 입에 머금음으로써 힘을 내게 한다는 물.

생님은 역수를 마시면 정말 힘이 솟기라도 한다는 듯이 벌컥벌컥 물을 마셨다. 역수를 전해준 나카에 유토 선생님이 그만 마시라고 말하고 나서야 이와세 선생님은 겸연쩍은 듯 웃으며 물그릇을 넘겼다.

두 역사가 씨름판에 올라와 차례로 소금을 뿌리자 양쪽 응원석이 번갈아 환호성을 올렸다. 스모장에서 소금은 부정을 막고 씨름판을 정화하는 의미를 담고 있었다. 역사들이 시합 도중에 상처를 입더라도 소금의 살균력 덕분에 큰 상처로 덧나지 않는다는 그럴 듯한 이유도 덧붙였다.

심판을 보는 체육 선생님이 두 역사의 마와시가 단단히 매어졌는지 점검했다. 두 선수는 심호흡을 하며 양쪽에 대기했다. 체격으로 보아 청군의 사이토 선생님이 우세할 것으로 예상되었다. 옷을 입었을 때도 몸이 좋아 보였던 그는 막상 옷을 벗고 스모 복장이 되자 훨씬 단단해 보였다. 스모마게[4]까지 했더라면 진짜 스모 선수처럼 보였을 것이다.

백군의 이와세 선생님은 역수로 한껏 기운을 받고 양쪽

---

4 相撲まげ. 역사의 특이한 머리 모양을 가리키는 말로 시대에 따라 명칭과 모양이 조금씩 바뀌었다.

다리를 번갈아 올리며 그럴듯하게 등장했지만 사이토 선생님의 상대가 되지 않았다. 두 판을 연속으로 패한 이와세 선생님은 부끄러운 듯 고개를 숙이며 황급히 자기편 대열 뒤로 숨어버렸다. 청군의 사이토 선생님은 백군의 이와세 선생님과 또 한 명의 선수를 물리쳤지만 힘이 빠졌는지 세 번째 상대인 나카에 유토 선생님에게 패해 물러났다.

    백군의 나카에 유토 선생님은 몸이 민첩했다. 발꿈치를 들고 상대편과 마주 쪼그리고 앉아 있다가 용수철처럼 벌떡 일어나며 미처 완전히 일어나지도 못한 상대를 밀어 넘어뜨렸다. 두 번째 판에는 당하지 않으리라고 애를 썼지만 상대편 선수들은 속수무책으로 무너졌다. 나카에 선생님은 거의 힘을 쓰지도 않고 청군 역사들을 다섯 명이나 쓰러뜨렸다.

    나카에 선생님이 그 정도로 실력자일 것이라고 예상한 사람은 없었다. 청군 선생님들이 차례차례 나가떨어질 때마다 청군 응원석에서는 탄식이 쏟아졌고 백군 응원단의 기세는 하늘을 찔렀다. 청군에 남은 역사는 겨우 다섯 명, 백군은 나카에 선생님을 포함해 아직 여덟 명이나 남아 있었다. 게다가 스모의 강자 구로자와 야스히로 선생님이 아홉 번째 역사로 버티고 있었다.

'아무래도 스모만큼은 백군이 승리할 모양이지.'

리에는 어느 편이 이기든 상관없다고 생각했다. 다만 자신이 응원하는 우메하라 게이이치 선생님이 백군 역사 한두 명쯤은 꺾어주기를 바랐다.

드디어 청군의 여섯 번째 역사 우메하라 게이이치 선생님 차례였다. 학생 연대장 사사키가 이끄는 백군 응원단들은 여전히 기세를 올리며 목이 터져라 군가를 불렀다.

"그 무엇이 막을 소냐! 나아가라 일본 남아!"

백군의 나카에 선생님이 먼저 씨름판으로 올라와 기다렸다. 뒤이어 청군의 우메하라 선생님이 사이토 다카시로 선생님이 전해주는 역수로 입을 헹구고 씨름판으로 올라와 소금을 뿌렸다. 우메하라 선생님의 큰 키와 건장한 체격에 힘을 얻었는지 청군도 연속 패배의 아픔을 털어내고 응원전에 힘을 내기 시작했다.

경기가 시작되자 나카에 유토 선생님은 지금까지와 마찬가지로 용수철처럼 벌떡 뛰어오르며 두 팔로 우메하라 선생님의 가슴팍을 세차게 밀쳤다.

우메하라 선생님 역시 당한 것인가?

나카에 선생님은 너무 빨라.

나카에 선생님이 용수철처럼 벌떡 일어나며 두 팔을 앞

으로 쫙 폈을 때 리에는 그렇게 생각했다. 그러나 모랫바닥에 엉덩방아를 찧은 쪽은 우메하라 선생님이 아니라 나카에 선생님이었다. 먼저 밀친 쪽은 나카에였으나 우메하라 선생님의 몸집과 힘을 당하지 못하고 자신이 되레 뒤로 넘어진 것이다. 일순간 청군 응원석에서 하하하하 웃음소리가 터져 나왔다. 나카에 선생님은 어이가 없다는 표정을 지으며 도효(土俵:스모 시합장)를 한 바퀴 돌았다. 다시 두 선수가 마주 쪼그리고 앉았을 때 청군 응원단은 기세가 완전히 살아나 있었다.

두 번째 판에서 나카에 선생님은 직접 부딪치는 대신 전술을 바꿔 뒤로 물러나면서 기회를 노렸다. 그는 빠르게 회전하면서 우메하라 선생님의 허점을 노렸다. 그러나 원숭이가 자기 재주를 너무 믿으면 나무에서 떨어지는 법이다. 나카에 선생님은 다가서는 우메하라 선생님을 피해 모래밭을 빙글빙글 빠른 속도로 돌다가 실수로 발이 씨름판 밖으로 나가는 바람에 패하고 말았다.

"우메하라! 우메하라! 우메하라!"

청군 응원단이 기세를 올렸다.

청군의 여섯 번째 역사인 우메하라 선생님은 나카에 선생님을 시작으로 백군의 네 번째, 다섯 번째, 여섯 번째, 일곱 번째, 여덟 번째 역사까지 모두 물리쳤다. 심판의 부채는 잇따라 우메하라 선생님을 가리켰다. 단 한 판도 내주지 않았다.

우메하라 선생님은 체격이 크고 힘도 좋았지만 스모 기술 역시 대단했다. 그냥 단순히 힘으로 미는 수준이 아니었다. 힘으로 상대를 떠밀어 쓰러뜨리기도 했고 엄지와 검지로 상대의 옆구리를 밀어 씨름판 밖으로 밀어내기도 했다. 어깨를 눌러 상대를 주저앉혀버리기도 했다. 큰 덩치를 믿고 달려드는 백군 선수를 살짝 피하면서 두 팔로 상대의 허리를 감더니 달려든 상대방의 힘을 이용해 씨름판 밖으로 스스로 걸어 나가게 만들기도 했다.

이쯤 되면 아무리 구로자와 선생님이라고 해도 승리를 장담하기는 어려울 것 같았다. 어쩌면 스모 경기마저 청군이 이길지도 몰랐다. 자신이 응원하는 청군의 승리, 사랑하는 우메하라 선생님의 선전이 리에는 어쩐지 께름칙하고 불안했다.

'이 불안한 심정은 무엇일까…'

우메하라 선생님이 연전연승을 거두었지만 어찌된 영문인지 청군의 응원 소리는 점점 기운을 잃어가고 있었다. 그것은 리에도 마찬가지였다. 오히려 연패를 거듭하는 백군의 응원 소리에 훨씬 기운이 차 있었다. 비장미까지 묻어났다.

다시 씨름판으로 나서는 우메하라 선생님에게 역수를 건네는 청군 선생님이 아무도 없었다. 우메하라는 저 스스로 물그릇을 찾아 입안을 헹구었다. 소금을 건네는 선생님도 없었다. 응원단에서 함성이 나오기는 했지만 그 함성에는 분명히 열기가 부재했다. 별 재미도 없는 연설에 어쩔 수 없이 건성으로 치는 박수 같았다.

'우메하라 선생님이 너무 잘 이겼기 때문에 응원단이 마음을 놓은 것일까. 역수도 소금도 더 이상 필요하지 않다고 생각하는 것일까.'

리에는 그렇게 생각하고 싶었다. 아니, 그래야 했다. 우메하라 선생님이 스모를 너무 잘하기 때문에 조금도 걱정할 필요도, 긴장할 필요도 없기에 응원단이 함성을 쏟아내지 않은 것이기를 간절히 바랐다. 그럼에도 솟아오르는 불길한 감정을 억누를 수는 없었다.

땀을 닦으며 다시 스모장에 올라온 우메하라 선생님은 청군 응원단을 향해 두 팔을 들며 씩 웃었다. 눈부시게 하얀 이가 햇빛을 받아 반짝 빛났다.

백군의 구로자와 선생님은 역시 대단했다. 관동군에서

준우승했다는 말은 빈말이 아니었다. 그는 우메하라 선생님의 겨드랑이 지르기 공격을 받으면서도 물러나지 않고 두 손바닥으로 힘껏 우메하라 선생님의 턱을 밀어 쓰러뜨렸다. 고개가 꺾인 우메하라 선생님은 제대로 힘을 쓰지 못하고 엉덩방아를 찧었다.

"우아아아아아!"

백군 응원단이 망아지처럼 날뛰기 시작했다. 모든 학생들이 자리에서 일어나 구로자와 선생님을 응원했다. 우메하라 선생님을 좋아하는 여학생들, 우메하라 선생님이 백군이 아니라 청군에 속하게 되어서 속상하다고 칭얼거리던 게이코도 깡충깡충 뛰며 환호했다. 평소대로라면 게이코는 우메하라 선생님이 엉덩방아를 찧었을 때 매우 낙담한 표정을 지었어야 했다. 아니, 탄식해야 했다. 게이코가 우메하라 선생님을 짝사랑하는 것은 학년 전체가 거의 다 아는 사실이었다. 게이코는 탄식은커녕 토끼처럼 깡충깡충 뛰며 즐거워했다.

백군 응원단의 우렁찬 함성에 눌려 청군 응원단은 소리조차 내지 못했다. 왜 아무도 응원을 하지 않는 것일까. 이럴 때일수록 더 큰 소리로 응원을 해야 우리 편 역사들이 힘을 내지 않을까.

리에는 우메하라를 바라보았다. 모래를 털며 일어난 우메하라는 약간 놀란 듯한 표정을 지었다. 구로자와 선생님의 공격이 예상 밖으로 강했던 것이리라. 구로자와 선생님과 마주 앉은 우메하라 선생님의 얼굴에서 핏기가 사라지고 있었다. 그는 무슨 불길한 생각을 하는 것일까. 이번 판에도 질까 두려운 것일까…, 아니면….

　심판의 시작 소리와 함께 재빨리 일어선 우메하라 선생님은 고개를 숙이며 두 팔로 구로자와 선생님의 허리를 감았다. 그리고 자신의 몸을 강하게 밀착시키며 구로자와 선생님을 밀어붙였다. 엄청난 힘이었다. 구로자와 선생님이 안간힘을 다해 버텼지만 결국 모래판 밖으로 밀려나고 말았다. 밀려난 구로자와 선생님의 표정이 기괴했다. 마치 땅에 뿌리를 단단히 박고 서 있는 거대한 나무를 상대로 스모 경기를 펼친다는 듯 난감한 표정이었다.
　"에~."
　"어쩜."
　백군 응원석에서 가늘게 탄식이 흘러나왔다. 두 사람이 힘으로 부딪치면 우메하라 선생님이 구로자와 선생님을 이길 것이라는 불안감이 백군 응원단 사이에서 빠르게 번지는 것을 리에는 느꼈다.

 백군 응원단의 기세가 꺾인다면 반대로 청군 응원단의 기세가 올라야 한다. 하지만 청군 응원단은 좀처럼 기세를 올리지 못했다. 응원단으로 이 자리에 참석한 것이 아니라 어느 편이 이기든 관심이 없는 관람객으로 참석한 학생들 같았다. 양쪽 옆에 앉은 가나에와 소노코 역시 입을 꾹 다물고 정면을 응시할 뿐이었다.

 두 역사는 다시 스모장 가장자리, 각자의 자리에 섰다. 삼판양승제. 이제 마지막 한 판을 이기는 사람이 승리하는 것이다.

 "왜 아무도 우메하라 선생님을 응원하지 않아? 우리 편인데…"

 리에의 말에 가나에가 고개를 돌려 멀뚱한 눈으로 리에를 바라보더니 고개를 제자리로 돌려버렸다. 무엇인가 잘못되어 가고 있었다.

 '이건 아니야. 왜 아무도 우메하라 선생님을 응원하지 않는 거야. 우메하라 선생님은 우리 편, 청군이잖아.'

 리에는 두렵고 혼란스러웠다.

 바로 그 순간 백군 응원단 쪽에서 학생 연대장이자 백군 응원단장인 사사키가 소리쳤다.

"긴 슈우 현! 조센징!"

순간 좌중은 얼어붙은 듯 침묵에 휩싸였다. 기세를 올리며 목이 터져라 군가를 불러대던 백군 응원단도 일순간 입을 다물었다.

그 시간은 아마 1초나 2초쯤 되었으리라.

학생 연대장 사사키가 두 팔을 활짝 펴들었다. 활짝 펼친 그의 양팔을 따라 가죽으로 만든 남자 허리띠가 뱀처럼 길게 펴졌다.

"조센징 긴 슈우 현의 이름이 적힌 허리띠다."

스모시합에 출전하느라 경기장 한쪽에 벗어놓은 우메하라 선생님의 바지에서 허리띠를 풀어낸 모양이었다.

"여기 허리띠 안쪽에 조선 이름 긴 슈우 현이 새겨져 있다."

허리띠를 길게 펼쳐 든 사시키가 큰소리로 또 외쳤다.

사사키가 들고 있는 허리띠에 우메하라 선생님의 조선 이름이 새겨져 있는 것일까. 도효(土俵:스모 시합장)를 가운데 두고 백군 응원단 맞은편 청군 응원단에 앉은 리에는 눈에는 글씨가 보이지 않았다. 사사키의 고함 소리에 이어 백군 응원단 속에서 한 남학생이 소리쳤다.

"우메하라 게이이치는 가짜다. 조센징 긴 슈우 현!"

"구로자와 선생님, 조센징을 꼬라박아!"

"조센징을 꼬라박아!"

화산 같은 열기가 먼저 터져 나온 곳은 백군 응원단이었다.

"긴 슈우 현! 조센징! 긴 슈우 현! 조센징! 긴 슈우 현! 조센징!"

백군의 함성이 스모장을 덮고 운동장을 덮고, 온 세상을 덮어버리는 중이었다. 햇빛 작렬하던 하늘에 일순간 빛이 사라지고, 천지를 분간할 수 없는 칠흑 같은 어둠이 그 자리를 메웠다. 그때까지 상황을 몰라서 또는 대체 어떻게 해야 할지 몰라 웅성대던 청군 응원단에서도 고함이 터져 나왔다.

"조센징 꼬라박아 버려라!"

"긴 슈우 현을 꼬라박아라!"

"긴 슈우 현 사기꾼! 도둑놈!"

"조센징 사기꾼, 거짓말쟁이!"

그들은 이제 우메하라 게이이치와 한편인 청군이 아니라 일본인이었다.

뜨거운 여름 햇볕 아래, 청군과 백군은 하나가 되어 '긴 슈우 현'과 '조센징 꼬라박아'를 외쳤다.

리에는 목이 터져라 고함을 질러대는 학생들 속에서 양쪽에 앉아 있는 친구들을 돌아보았다. 가나에와 소노코 역시 목청껏 '긴 슈우 현 조센징'을 외쳐대는 중이었다.

당황해서 어찌할 바를 모르는 리에는 머리를 세차게 흔들었다. 이러고 있을 때가 아니었다. 리에는 학생들의 원색적인 욕설과 증오로 가득한 악다구니가 난무하는 가운데 제 몫의 욕설과 고함을 찾아내기 위해 안간힘을 썼다.

'나는 무슨 말을 해야 하지?'

무엇이라도 한마디 지독한 욕을 퍼부어주지 못한다면 왠지 억울할 것만 같았다. 백군 응원단석 학생들은 이미 모두 일어서 있었고, 이제 청군 학생들도 자리에서 일어나며 긴 슈우 현과 조센징을 외치기 시작했다. 리에는 갑자기 나타난 뱀에 놀라기라도 한 사람처럼 자리에서 벌떡 일어나며 외쳤다.

"거짓말쟁이! 배신자! 더러워!"

응원단의 함성과 광기에 가려 보이지 않았던 우메하라 게이이치 선생님의 검붉은 얼굴이 비로소 리에의 눈에 들어왔다. 티 없이 희고 밝았던 그의 얼굴이 겨울비에 젖은 마른 나무 표피처럼 검게 물들고 있었다.

이마에서 흘러내린 땀이 우메하라의 검고 붉게 상기된 얼굴을 타고 떨어졌다. 그는 더 이상 생기 넘치는, 희고 아름다운 남자가 아니었다. 그의 하얀 피부는 이미 오래 전에 죽은 사람의 얼굴처럼 검게 변해 있었다.

우메하라는 갑자기 딴 세상에 떨어진 사람처럼 기괴한 표정으로 짐승이 울부짖는 듯한 소리를 토하며 자신의 반대편에서 허리춤에 두 손을 얹고 서 있는 구로자와 선생님을 향해 달려들었다.

"으아아아아"

우메하라는 우두커니 서 있는 구로자와 선생님을 향해 성난 황소처럼 달려갔고 놀란 구로자와 선생님이 살짝 몸을 피하자 제풀에 엎어졌다. 달려오는 속도가 얼마나 엄청났던지 한쪽 어깨를 처박으며 넘어진 우메하라 선생님의 몸뚱이는 스모장 밖으로 나뒹굴었다. 그의 거대한 덩치가 모랫바닥에 처박히고, 두 번이나 굴러 씨름판 밖으로 내동댕이쳐졌을 때, 리에는 눈을 질끈 감았다. 순간 양쪽 응원석은 침묵에 휩싸였다.

우메하라는 땅바닥에 얼굴을 처박은 채 꿈쩍도 하지 않았다. 청군 역사들도, 백군 역사들도, 교장 선생님도, 심판도, 누구도 엎어져 있는 우메하라를 일으켜 세우지 않았다.

침묵은 길고 끔찍했다. 우메하라의 젖은 등에서 땀이 번들거렸다.

우메하라는 한참이 지나 천천히 몸을 일으켜 무릎을 꿇고 앉았다. 얼굴에는 모래가 잔뜩 묻어 있었다.

"잘 어울려. 모래를 잔뜩 처바르고 있으니."

리에 옆에 앉은 소노코가 속삭였다.

"그러게 조센징다워."

가나에가 받았다.

우메하라의 시선이 응원석을 향해 있었다. 시선은 응원석을 향하고 있었지만 거기 누군가를 또는 무엇을 쳐다보는 눈빛은 아니었다. 텅 빈 눈이었다. 한동안, 아마도 1분쯤 지났을 것이다, 무릎을 꿇은 채 멍하게 응원석을 바라보던 그가 낮은 목소리로 중얼거렸다.

"내가 무슨 잘못이라도 저질렀니…."

여전히 도쿄 말씨였지만 그의 말씨는 더 이상 아름답지 않았다. 우메하라는 천천히 일어나 널브러진 자신의 옷가지를 주섬주섬 주워 들고 운동장을 가로질러 걸어갔다. 스모 경기장 한쪽에 떨어져 있는 우메하라의 허리띠를 흙바람이 쓸었다.

4

태평양 전쟁이 패전으로 끝난 후 조선에 거주하는 다른 일본인들과 마찬가지로 나쓰메 리에도 일본으로 돌아갔다. 부모님의 고향은 후쿠오카였지만 리에는 도쿄에서 살았다. 평생 독신이었다. 도쿄의 낡고 좁은 아파트에 거주하면서 강이 있는 풍경을 그렸다. 강 그림을 그렸지만 그녀는 어디엔가 실제로 존재하는 강을 모델로 삼지는 않았다. 그녀의 집에서 얼마 떨어지지 않은 다마강을 그린 적도 없었다.

리에의 강 그림에는 강물이 흐르지 않았다. 언제나 허연 강바닥이 드러난 모습이었다. 때로는 떠내려 오다가 물이 마른 강바닥에 갇힌 나무둥치 같은 것들이 그녀의 그림 소재가 되었다. 가끔이기는 하지만 깨진 병이나 유리 조각 같은 것들이 등장하기도 했다.

강 그림의 왼쪽이나 오른쪽 하단에는 어김없이 야윈 여자가 서 있었다. 머리가 길고 몸이 호리해서 여자일 것이라고 짐작할 수 있었지만 여성성은 드러나지 않았다. 여자는 강물이 흐르지 않는 강바닥을 바라보는 중이었다. 여자는 늘 뒷모습이었고 바람에 일어난 흙먼지가 그녀를 덮치고 있었다. 관람객들은 그림 속 여자가 얼굴을 덮치는 흙바람에 눈을 감고 있을 것이라고 상상할 뿐, 그녀가 눈을 뜨고 있는지, 감고 있는지 볼 수는 없었다.

    NHK 방송 기자가 리에와 인터뷰에서 '선생님의 그림에는 늘 야윈 여자의 뒷모습이 등장합니다. 혹시 무슨 까닭이라도 있나요?'라고 물었지만 리에는 쥐어짜듯 얼굴을 찌푸렸을 뿐 대답하지 않았다. 한 월간 미술전문 잡지 기자가 '그림 속에 등장하는 인물이 여자인 것은 맞지요?' 라고 물었을 때 리에는 '여자라서 머리카락을 기른 것이 아니라, 자르지 않아서 머리카락이 길 뿐입니다'고 대답했다. 리에의 대답을 금방 이해하지 못해 고개를 갸우뚱 했던 기자는 기사에서 '다만 자르지 않아서 머리카락이 긴 것이라면 나쓰메 작가의 그림에 등장하는 인물이 꼭 여성이라고 단정할 수는 없다'고 썼다. 그러면서 '여자가 아니라는 말이 아니라 여성성이 부재한 여자라고 볼 수 있다'고 덧붙였다.

    리에는 1989년 도쿄에서 연 전시회 팸플릿에서 자신의 작품을 이렇게 설명하고 있다.

    "내게도 한때는 좋아하는 일이 있었고 미칠 듯 몰두했던 사람이 있었다. 넘실대는 푸른 강물 위로 물고기들이 하얀 비늘을 반짝이며 뛰어오르던 시절이었다. 그 부푼 강물에 발을 담그면 발가락부터 머리끝까지 온몸이 물빛으로 물들 것 같던 날들이었다. 하지만 나는 그 푸른 강물에 발을 담그는 대신 강물을 모두 퍼내서 아무렇게나 쏟아버렸다."

나쓰메 리에는 흔들의자에 앉아 발코니 창 아래로 걸어가는 사람들을 무심한 눈으로 내려다보는 중이다. 주름진 손에는 다 식은 커피 잔이 들려 있었고 귀밑은 희끗했다.

「우메하라 게이이치.
내가 그에게 몰두했던 까닭은 무엇일까. 아마도 그 이유는 평범했을 것이다. 그때 나는 열여섯 살 소녀였다. 나 혼자만 그처럼 우메하라 게이이치에게 몰두했던 것은 아니었다. 우리 학교의 많은 여학생들이 우메하라 선생님을 좋아했다. 개중에는 나처럼 남몰래 사랑을 키워온 아이들도 있었을 것이다. 마쓰모리 카나에, 오카모토 게이코는 틀림없이 그랬을 것이다. 그 아이들이 선생님을 바라보며 한숨짓는 표정에서, 혹은 애써 외면하는 얼굴에서 나는 알 수 있었다. 선머슴처럼 구는 우에다 마유코 역시 속으로는 우메하라 선생님을 사랑하고 있었는지도 모른다. 어쩌면 몸치장에 전혀 관심이 없었던 하세가와 가즈코까지도 밤마다 사랑의 꿈을 꾸었을지도 모른다.
어떡하겠는가. 비록 마유코가 선머슴 같은 외모와 우렁

찬 목소리를 가졌다고 해도, 몸치장 따위에 털끝만큼의 관심도 없었던 가즈코라고 할지라도 그 나이의 여중생이라면 그럴 수도 있지 않겠는가. 우리는 열여섯 살 소녀답게 우메하라 게이이치를 사랑했다. 그러나 나는 열여섯 살 소녀답게 그와 이별하지는 못했다.

그를 버린 후에도 밋밋한 사랑은 있었다. 내게 사랑을 고백해온 사람도 있었고 한동안 어정쩡한 관계를 이어간 사람도 있었다. 이별도 있었다. 그러나 우메하라를 향한 만큼의 열병이나 견딜 수 없는 이별은 없었다. 나는 우메하라 게이이치와 이별한 것이 아니라, 내 안에서 그를 죽여 버렸다.

사랑에 빠진 여자에게 어쩔 수 없이 이별해야 할 이유 따위는 없다고 생각했다. 사랑을 잃는다는 것은 사랑이 부족하기 때문이지 다른 이유는 없다고 믿었다. 누군가와 이별한다는 것은 사랑이 부족한 때문이지 다른 이유는 없다고 믿었다. 그런 확신은 나이가 드는 동안에도 변하지 않았고 지금도 변함이 없다. 그러나 내가 첫사랑을 잃어버린 것은 결코 사랑이 부족했기 때문이 아니었다. 차라리 사랑이 부족해서 그 사랑을 잃었더라면 이처럼 야윈 몸이 되지는 않았을 것이다.

우메하라 게이이치.

그를 버림으로써 나는 사랑을 잃었고 두 번 다시 사랑을 만날 수 없었다. 나는 매일매일 야위어갔고 더 이상 물고기가 살 수 없는 허연 강바닥을 드러내고 말았다. 부풀어 터질 것 같았던 내 몸은 볼품없이 말랐고 그 옛날의 형체를 잃은 지 오래다. 푸른 물빛으로 물들 것 같았던 내 몸은 버석거리는 소리와 함께 부서졌고 먼지가 되어 날렸다. 교직원 체육대회가 열리던 그날 살이 쏙 빠져버린 나는 평생 야윈 몸으로, 흙먼지 날리는 강바닥을 바라보며 오늘까지 서 있었을 뿐이다.」

나쓰메 리에는 63세의 나이로 세상을 떠났다. 그녀가 죽기 두 달 전 남긴 마지막 일기에는 이렇게 적혀 있었다.
'그날 죽은 사람은 우메하라 게이이치가 아니라 나였다.'

못생긴 여자

1

"어서 오세…, 어머나 어쩐 일이야! 이렇게 일찍."

임정훈이 가게에 들어서자 테이블을 닦던 여주인이 반겼다.

"안녕하세요."

"어쩐 일이야? 아직 해도 안 졌는데…."

'골목 전집'

정훈은 대규모 아파트 단지 한쪽 끝 좁다란 골목에 자리 잡은 전(煎)집의 단골손님이다. 7년 전 골목전집이 개업할 무렵부터 열흘에 한 번 정도는 들르고 있다. 이제 막 오후 5시를 지나고 있었고 가게에는 아직 손님이 없었다. 정훈은 여주인에게 인사하고 홀 안쪽 주방에서 음식 준비 중인 주방이모에게도 큰 소리로 인사를 건넸다.

"안녕하세요!"

나이 지긋한 주방이모는 프라이팬을 손에 든 채 고개를 살짝 숙이며 빙긋 웃었다. 허리와 무릎이 아프다는 주방이모는 저녁 무렵에 영업을 시작하는 전집에 출근하기 전에 동네 한의원에 들러 침을 맞고 쑥 찜질을 받는다고 했다. 그 한의원이 용하다고 자주 말했다. 몇 해 전 정훈이 여섯 개짜리 생수병 묶음을 들고 아파트 계단을 올라가다가 허리를 삐끗했을 때도 그 한의원에 가 보라고 강권하기도 했다.

"오늘은 몇 분?"

정훈이 한쪽 구석 자리에 앉자 여주인이 1리터짜리 투명한 플라스틱 물병과 컵을 탁자에 내려놓으며 물었다.

"혼자 왔어요."

"혼자? 웬일로?"

사십 대 후반인 여주인은 오랜 단골손님인데다 열 살쯤 나이 차이가 나 언제부터인가 정훈에게 반말을 했다.

"한 며칠 휴가 내서 발길 닿는 대로 여기저기 좀 쏘다니다가 이제 도착하는 길이에요."

"좋았겠다. 어디 갔었어?"

"강원도도 갔다가 울산도 갔다가…."
"국내 여행 가면서 뭔 짐을 이렇게 많이 싸서 다녔대?"
그녀가 정훈의 커다란 캐리어 가방을 흘끗 내려다보았다.
"가출했거든요."
"가출? 여행이 가출이야?"
"가출을 위한 여행이었어요."
"애도 아니고 웬 가출? 며칠 동안이나?"
"오늘이 나흘째예요."
"우진 씨랑 싸웠어?"
"뭐 싸운 건 아니고 얼굴 보는 게 힘들어서."
"다들 그렇게 산다. 와이프 얼굴 보기 싫다고 집 나가 버리면 어떡해? 혼자 애 보고 직장 다니자면 우진 씨가 힘들었겠네."
"그게 대수겠습니까. 휴우~"
"왜? 우진 씨가 사고쳤어?"
연애시절 아내와 함께 전집에 자주 들렀고 결혼한 후로도 가끔 함께 들렀기에 여주인은 우진을 알고 있었다.
"차라리 사고를 쳤다면 수습하면 되죠. 아니면 딱히 이거다 싶은 단점이 있으면 고치면 되는 건데…. 그런 게 아니라 사람 자체가 마음에 안 드는 게 문제지."

"둘이 좋아서 결혼해 놓고 사람 자체가 마음에 안 든다는 건 또 뭐야. 그런 말이 어디 있어."
"그런 말, 여기 있죠. 흐."
"오늘은 뭐 줄까?"
"소주 한 병하고 동태전 주세요."

손님이 없을 때면 흔히 그랬듯 여주인은 동태전을 탁자에 내려놓더니 자신이 마실 맥주를 한 병 들고 와 정훈 맞은편에 앉았다.
"두 사람 결혼한 지 몇 년 됐어?"
"4월이면 만 5년 돼요."
"한창 싸울 때다."
"한창 클 나이도 아니고 한창 싸울 때란 것도 있나…."
"있지. 신혼의 낯설음은 이제 끝이 났고 아직 두 사람의 생각이나 행동이 맞아떨어지기에는 이르고. 세월 좀더 지나면 그러려니 하게 돼. 대충 맞아지고 또 영 안 맞는 건 포기하게 되고, 다들 그렇게 산다."
"세월이 사람을 무뎌지게 만든다는 말이네요."
"다들 그렇게 살아. 생판 다르게 살아온 남녀가 한집에 같이 사는 데 생각이 같을 리도 없고 매사에 딱딱 맞을 리도 없잖아. 행복은 먼 곳에 있지 않아, 아주 가까운 곳에 있어. 그걸 받아들여야 삶이 무난해지는 거라고."

"아주 가까운 곳에 있기는 하고요?"

"있다고 믿어야지. 사실 여부와 상관없이 믿으면 견딜 만해지거든."

"견딘다…. 무슨 군대 생활이나 수감 생활도 아니고 인생을 견뎌야 한다는 건 좀…."

"다 그래… 뭐 별 거 있어?"

"그래서 사장님은 아저씨가 밖으로 나돌아도 참고 사는 거예요?"

"어쩌겠어. 바람피우는 건 천부인권이라는 인간인데…."

"본인한테야 천부인권인지 몰라도 사장님한테는 심대한 존엄성 침해죠."

"자기밖에 모르는 인간인데 그런 걸 알기나 해?"

"알도록 때려잡아야죠."

"그게 때려잡는다고 될 일이야? 그럴 힘 있으면 차라리 내가 천부인권을 누리는 게 빠르지."

"하긴 때려잡는다고 마음을 잡을 순 없죠. 그런데, 그거 알아요? 내가 우진이 처음 만난 곳이 이 집이란 거."

"정말? 두 사람이 우리 가게에서 만났어? 처음부터 같이

온 거 아니었어?"

"여기서 만났어요. 이 집 개업하던 그 해 초겨울에요."

2

골목전집을 정훈에게 소개한 사람은 대학 동창이자 입사 동기인 유창민이었다.

"우리 동네에 전집이 새로 생겼는데 맛있어. 가격도 적당하고."

창민의 말대로 아파트 단지 뒤쪽 골목, 오래된 상가 건물 일층에 자리 잡은 전집은 꽤 훌륭했다. 특히 동태전은 속이 촉촉하면서도 달걀과 부침가루를 반죽해 두른 겉은 바삭바삭해 일품이었다. 전집에 처음 몇 달은 창민과 함께 왔지만 정작 단골손님이 된 것은 정훈이었다. 일찍 결혼한 창민은 아이들 교육 문제로 아내가 일 년 넘게 보챈다며 빚을 잔뜩 안은 채 일찌감치 수성구로 이사를 갔다. 대구 수성구는 서울 강남에 못지않은 교육1번지로 전국적인 명성을 얻고 있었다. 이사한 뒤로는 아주 드물게 정훈과 골목전집을 찾을 뿐이었다.

골목전집에는 늘 오래된 팝송이 나지막이 흘렀다. 누구

나 한 번쯤 들어봤을 노래들이었다. 유행이 한참 지난 노래들이라 열광해서 듣는 사람은 없었고, 한때 대중적 인기를 크게 끌었던 노래들이라 대부분 손님들의 귀에 익었고 잔잔한 향수를 불러일으킬 만했다.

골목전집에는 20대부터 70대까지, 연인들은 물론이고 초등학생 자녀를 동반한 젊은 부부들, 직장 동료들, 사업 파트너들 등 여러 부류의 손님들이 찾아왔다. 안줏값이 비교적 저렴하면서도 품질이 좋고, 전집들이 흔히 풍기기 마련인 허름한 분위기나 싸구려 느낌이 없기 때문이리라. 전집 벽에 흔한 '홍길동과 임꺽정 왔다 간다. 철수&영희 영원히 사랑해! 도리불언하자성혜(桃李不言下自成蹊)' 따위의 낙서 같은 글은 일절 없었다. 오히려 통기타도 전자기타도 어울릴 만한, 꽤 멋스러운 집이었다. 주인으로부터 어떤 설명을 직접 들은 적은 없지만 나름 영업 철학을 갖고 있는 것 같기도 했다. '해심'이라는 그녀의 특이한 이름도 그런 느낌을 갖게 했다.

정훈이 우진을 처음 본 날은 금요일이었다.
퇴근 무렵 정훈은 기획실에서 함께 근무하는 남현주와 얼마 전 인사 때 경영지원부로 발령 받은 유창민에게 한잔 어떠냐고 물었다.

"불금인데 전집에서 한잔 어때?"

"오늘은 어렵겠어."

"왜? 불금에는 동해 오징어들도 하던 일을 제쳐두고 한잔씩들 하는데."

"서해 낙지라고 하지 왜?"

"낙지들도 한잔 할 걸?"

"하여튼 안돼. 오늘 중으로 마무리하고 월요일 오전에 부장님께 보고해야 할 게 있어."

유창민이 전화기 저편에서 난색을 표했다.

"천한 것들한테 꼭 해야 할 일이 뭐가 있어? 이거 하다가도 저거 시키면 저거 하고, 저거 하다가도 이거 시키면 이거 하는 거지. 같이 가자, 오랜만에 네가 좋아하는 남현주도 출격하는데."

그렇게 창민을 불러냈다.

정훈이 유창민 남현주와 자리를 잡고 앉아 삼십여 분쯤 지났을 때 여자 손님들 7,8명이 들어왔다. 정훈 일행이 앉은 자리 뒷편에 테이블 네 개를 붙이고 '예약석' 안내 표지판을 얹어놓은 테이블이 그녀들의 자리였다. 정훈의 자리는 단체 예약석을 등 뒤에 두고 출입문 쪽을 바라보는 곳이었다.

"시끄럽겠는 걸."

예상은 틀리지 않았다. 주로 20~30대에 40대까지 한 두 사람 섞인 여성 단체손님들은 자리에 앉자마자 시끄럽게 떠들어댔다. 처음 7,8명이 도착한 뒤로 3,4분 혹은 5분 간격으로 둘씩, 셋씩 또는 혼자서 여성들이 들어와 예약석으로 향했다. 시끄럽게 떠들던 여성들은 새 일행이 도착할 때마다 더욱 요란스럽게 인사를 나눴다.

정훈은 소란한 곳을 유난히 싫어했다. 장소마다 정도가 다르기는 했지만 식당은 식당대로, 지하철은 지하철대로, 사무실은 사무실대로 불쾌감을 느끼지 않을 정도의 소음 크기가 있었다. 자신이 견딜 수 있는 소음 크기를 넘으면 가능한 빨리 그 장소를 벗어나곤 했다. 확실히 단체석 여성들은 정훈이 견딜 만한 술집의 소음 수준을 넘어서 있었다. 게다가 하필 그의 등 바로 뒤가 그녀들의 단체석이었다.

"더 주문하지는 말고 지금까지 나온 것만 먹고 2차 가자."

"왜? 맛있는데?"

유창민이었다.

정훈이 앉은 채로 엄지를 귓바퀴 가까이 가져가 앞뒤로

흔들며 뒤쪽을 가리켰다.

"아는 사람이라도 있어?"

"아니 시끄러워서."

다른 일행에 관한 이야기임에도 정훈은 목소리를 낮추지 않았다. 그럼에도 단체 손님들은 자신들이 내는 소음 때문에 정훈의 '시끄러워서'라는 말을 듣지 못하는 것 같았다.

"그래, 그럼."

그때였다.

출입문이 열리고 여자 두 명이 들어왔다. 두 사람은 단체석에 앉은 일행을 발견하고 웃음 띤 얼굴로 테이블이 군데군데 놓인 홀을 가로질러왔다. 걸어오던 두 여성 중 한 사람과 정훈의 눈이 마주쳤고 그 순간 정훈은 얼어붙은 듯 굳어버렸다. 웃음 띤 얼굴로 단체석 일행을 향해 뚜벅뚜벅 걸어오던 그녀 역시 주춤했다. 일행을 바라보며 미소 짓던 그녀의 얼굴은 예상치 못한 장소에서 예상치 못한 무엇을 발견한 사람처럼 놀란 표정을 지었다. 그녀는 들뜬 얼굴로 정훈이 앉아 있는 자리를 지나쳐 단체 예약석으로 걸어갔다. 단체석에 앉은 여성들은 새롭게 도착하는 두 사람을 과장된 인사로 맞이하며 또 한번 요란을 떨었다.

"동태전 하나 더 먹자."

"2차 가자며?"

"갈 때 가더라도 동태전은 좀 더 먹어야지. 정말 기막히지 않아?"

"맛은 좋네요."

남현주가 동의했다.

"여기요!!"

정훈이 홀을 돌며 서빙하는 여주인을 불렀다.

그녀가 들어온 이후, 정훈의 신경은 온통 등 뒤의 단체석에 쏠려 있었다. 유창민, 남현주와 마주앉아 있었지만 그의 심리적 육체는 마치 등 뒤의 단체석 일행 속에 묻혀버린 듯했다. 등 뒤에서는 수많은 단편적 대화의 향연이 펼쳐졌지만 정훈이 맥락을 이해하거나 알아들을 수 있는 이야기는 없었다.

그녀가 들어온 뒤로 단체석에 더 합류하는 손님은 없었다. 아마 두 사람이 마지막 일행인 것 같았다.

'그 사람은 어디에 앉아 있을까. 테이블 네 개를 붙인 자리. 대략 여덟 명씩 마주보고 앉아 있을 것이다.'

유창민이 경영지원부 업무가 어떠니 저렇니 구구절절 이야기했지만 정훈의 귀에는 들리지 않았다. 남현주가 낮에 기획실장이 했던 이야기를 환기하며, 대체 무슨 뜻으로 실장님이 그런 말씀을 하셨는지 모르겠다며 정훈의 생각을 물었지만 정훈은 고개만 갸우뚱했을 뿐 관심을 두지 않았다. 두 사람이 잔을 들어 건배를 할 때도 정훈은 반 박자 늦게 잔을 들었다.

"야! 너 뭔 일 있어?"

유창민이 술잔 든 손을 정훈 앞으로 내밀며 물었다.

"아니 왜?"

"정신을 딴 데 팔고 있잖아."

"아닌데?"

"아니긴 뭐가 아니야. 아까부터 말이 없구만. 회사에서 뭔 일 있었어?"

"아니야. 좀 시끄러워서."

정훈이 다시 엄지를 살짝 들어 등 뒤의 단체석 테이블을 가리켰다.

"대충 먹고 나가자니까."

"아니 괜찮아. 미안. 마시자."

정훈이 빈 소주잔을 들었다.

"잔 비었어, 인마."

유창민의 핀잔에 남현주가 소주병을 들어 정훈의 잔을

채웠다.

테이블 옆면에 붙은 서랍에 마침 냅킨이 떨어지고 없었다. 정훈이 여주인을 불렀지만 홀과 주방을 바쁘게 오가며 서빙하느라 여주인은 통 이쪽으로 오지 않았다.

"주인이 많이 바쁜가 보네. 냅킨 좀 가져올게."

자리에서 일어나 주방 쪽으로 몸을 돌리는 정훈의 눈과 단체석에 앉아 있는 그녀의 눈이 마주쳤다. 그녀는 늘어서 있는 단체석 네 개 테이블의 안쪽 자리, 벽쪽에 앉아 있었다. 정훈의 등을 바라보는 자리였다. 정훈은 그녀가 단체석 안쪽 자리, 중간쯤에 앉아 있다는 사실을 몰랐다. 그럼에도 냅킨을 가져오기 위해 자리에서 일어서서 몸을 반쯤 돌리는 순간, 그의 시선은 곧장 그녀에게 날아가 꽂혔다. 동시에 그녀의 시선 역시 정훈의 눈을 똑바로 바라보았다. 단체석 중간쯤에 앉은 그녀로서는 왼쪽으로 고개를 돌려야 하는 자리였다.

단체석에 앉은 많은 여자들은 제각각 시끄럽게 쉬지 않고 떠드는 중이었다. 흰 이를 드러내며 웃는 여자, 과장된 손짓으로 맞은편에 앉은 사람의 주목을 끄는 여자, 이쪽 편에 앉은 여자의 이야기에 맞장구를 치며 손등으로 입을 가리는 여자, 테이블에 올려놓은 노트의 글씨를 손가락으로 하나하나 짚으며 옆에 앉은 여자와 이야기를 나누는 여자…. 그 모든 여성들의 표정과 몸짓, 이야기는 정훈의 눈에 보이지도 귀에 들리지도 않았다.

 열대여섯 명의 여자들 모두 각자 무엇인가로 바쁜 가운데 오직 그녀의 시선만이 방금 자리에서 일어나 몸을 반쯤 돌리는 정훈을 향했다. 다양한 표정, 소란스러운 수많은 이야기 속에 그녀는 입을 다문 채 정훈을 바라보았다. 단체석 여성 손님들은 제각각 목청껏 정훈이 알아들을 수 없는 소음을 쏟아내는 중이었다. 오직 그녀만이 한마디 말도 없이 정훈에게 말을 걸고 있었다. 수많은 소음 속에서 정훈은 그녀가 말없이 건네는 말을 또렷하게 알아들을 수 있었다.

 주방 앞 선반에 놓여 있는 냅킨을 집어 들고 자리로 돌아가기 위해 돌아서는 정훈과 단체석 가운데쯤에 앉은 그녀의 눈이 또 마주쳤다. 이번에는 그녀가 오른쪽으로 고개를 돌려 주방 쪽에서 자리로 돌아오는 정훈을 바라보았다. 정훈의 몸은 자리로 향하고 있었지만 눈은 단체석 중간에 앉은 그녀에게 고정돼 있었다. 두 사람은 어지럽고 복잡하게 날아다니는 수많은 시선들 속에서 서로의 시선을 털끝만큼도 느슨함 없이 꽉 붙들고 있었다. 그녀 옆에 앉은 여자가 정훈과 그녀를 번갈아 쳐다보았다. 옆자리 여자가 그녀의 팔을 살짝 쳤을 때 그녀는 옆자리 여자를 바라보며 겸연쩍은 미소를 지었다. 그리고 다시 정훈을 바라보았다.

3

"그날 제가 사장님한테 그 단체석 손님들 뭐하는 사람들이냐고 물었어요."

"나한테?"

전집 여주인은 기억이 없다며 되물었다.

"그래서? 뭐하는 사람들이었어?"

"가끔 오는 배드민턴 동호인들이라고…."

"으음…. 그러고 보니까 배드민턴 여성 동호인들이 우리 집에 몇 번 왔던 것 같기는 하네."

"그 다음 주 금요일에도 제가 여기 왔어요."

"우진 씨 만나려고?"

"네. 금요일에 여기서 봤으니 다음 금요일에 또 올지 모른다 싶었어요. 안 오면 매주 금요일 와서 기다릴 생각이었어요."

"그래서 언제 다시 만났어?"

"그 다음 금요일에 바로 만났어요."

"그 날도 그 사람들이 모임을 했어?"

"아니요. 우진이가 친구 한 사람이랑 여기 왔어요."

"배드민턴 동호인?"

"아니고 자기 직장 동료."

"그러니까 우진 씨도 정훈 씨 만나려고 왔었나 보구나?"

"그렇죠. 처음 봤던 날 우리는 한눈에 서로를 알아보았어요. 그날 그 테이블에 열대여섯 명이나 되는 여자들이 있었지만 나를 알아본 사람은 우진이뿐이었고, 나 또한 그 많은 사람들 속에서 우진이를 알아봤거든요."

"인연인가보다."

"그렇다고 생각했어요. 그야말로 벼락처럼 닥쳐온 사랑이었어요. 우진이를 처음 본 그날 나는 알았어요. 사랑은 만남이지 찾아 헤매거나 설득하는 것이 아니라는 걸요. 만나기로 되어 있는 사람들, 오래 기다려온 사람들은 한 번의 스침으로도 상대를 알아본다는 거, 처음 만났음에도 낯설다는 느낌이 들지 않는다는 걸 말입니다. 처음 본 낯익은 얼굴은 우연히 만난 것처럼 보이지만 사실은 자신도 알지 못하는 오랜 기다림 끝에 만났기 때문에 낯익은 거라고 생각해요."

"그렇게 운명적으로 만난 사람인데 미워져?"

"그러게요. 흐."

못생긴 여자

4

골목전집에서 다시 만난 두 사람은 이틀 뒤 일요일에 계산성당 야외 벤치에서 만났다. 이번에는 약속한 만남이었다. 그리고 청라언덕 3·1운동 계단을 걸어 올라갔다.

사랑이 시작되자 온 세상이 새롭게 태어났다. 세상 모든 것들이 임정훈과 서우진을 위해 빛났고 두 사람을 향해 미소 지었다. 계단을 오르는 우진과 정훈의 얼굴은 봄꽃처럼 피어났다.

"정훈 씨는 원래 그렇게 늘 웃어요?"

"내가? 내 얼굴이 웃는 얼굴이에요?"

"항상 웃고 있어요."

"글쎄, 인상 쓰는 얼굴은 아니지만 웃는 얼굴도 아닌데?"

"아닌데…. 오늘 계속 웃고 있는데?"

"그래서 기분 나빠요?"

"전혀요!! 미소 짓는 얼굴 좋아요. 멋있어요."

마지막 계단에 올라선 정훈이 물었다.

"방금 우리 걸어온 계단이 몇 개인 줄 알아요?"

"아뇨. 안 세어 봤는데. 몇 개예요?"

"안 가르쳐 줄래요."

"에이. 몇 개예요?"

"구십 개. 그래서 구십 계단이라고도 불러요."

"그렇구나."

"여기가 청라언덕이에요."

"청라언덕! 이름 예쁘다!"

"한자로 푸를 청(靑), 담쟁이 라(蘿)자를 써요. '라'자는 쑥 또는 담쟁이를 의미하는데, 여기서는 담쟁이란 뜻이에요. 그러니까 여기가 '푸른 담쟁이넝쿨 언덕' 이라는 말이에요. 근처에 담쟁이넝쿨이 많아요."

"아, 저기. 담쟁이 줄기네요. 맞죠?"

우진이 언덕 위 옛 선교사 사택 외벽을 감고 도는 마른 넝쿨을 가리켰다.

"맞아요. 담쟁이."

"우와 신기하다."

"작곡가 박태준이 지은 '동무생각' 알죠?"

"동무생각?"

"봄의 교향악~이 울려 퍼지는~ 청라언덕 위~에 백합 필 적에~"

정훈이 노래를 시작했고 우진이 정훈의 눈을 마주보며

함께 노래 불렀다.

'나는 흰나리 꽃 향기 맡으며~ 너를 위해 노~래~, 노래 ~ 부른다~.

청라언덕과 같은 내 맘에 백합같은~ 내 동무야~

네가 내게서 피어날 적에 모든 슬픔이 사라진다.'

노래를 마친 두 사람은 서로를 바라보며 웃었다. 특별히 웃을 일이 없었지만 두 사람은 서로를 바라보며 오래 웃었다.

"이 노래 작곡한 박태준 선생이 저 아래 있는 계성 중학교를 다녔거든요."

정훈이 언덕 아래 길 건너편에 있는 학교를 손으로 가리켰다. 운동장 주위로 키 큰 나무들이 빙 둘러 서 있었고 운동장 뒤쪽에 교사(校舍)가 서 있었다.

"운동장이 꽤 넓은 학교네요."

"오래된 학교니까요. 옛날 학교들은 운동장이 대체로 넓었어요. 게다가 예전에는 저 자리에 중·고등학교가 같이 있었거든요. 하여간 그때 박태준이 짝사랑했던 여학생이 있었는데 그 여학생이 이곳 청라언덕을 넘어 학교에 다녔다고 해요. 이 언덕을 넘어 다녔으면 아마도 저기 제일교회 아래쪽에 있는 신명여학교 학생이었겠죠."

정훈이 청라언덕 한쪽에 서 있는 제일교회 건물과 그 너머 아래쪽을 손으로 가리켰다.

"여기서 신명여학교는 안 보이네요."

"제일교회 건물을 돌아가면 바로 그 아래 있어요."

"여기는 이야기가 많은 동네네요."

"그렇죠? 어쨌든 '동무생각'은 박태준 선생이 그 여학생을 생각하며 지은 노래라고 해요. 노래에 나오는 흰 나리꽃은 백합을 지칭하는데 그 여학생을 백합꽃에 비유했다고 해요."

"그런 걸 어떻게 다 알아요?"

"우진 씨는 대구에서 산지 얼마 안 돼서 그렇지, 사실 대구 사람들은 대부분 아는 이야기예요."

"멋있어요."

"처음 골목전집에서 우진 씨를 봤을 때 여기 같이 와 보고 싶었어요. 와서 박태준의 백합 이야기 들려주고 싶었어요. 청라언덕에 '동무생각'을 작곡한 박태준 선생 사연을 알려주는 안내석이 있으니까, 여기에 와 본 사람은 누구나 알게 되는 이야기지만, 흰 나리꽃 이야기를 내가 직접 들려주고 싶었어요."

"안내석에 쓰여 있는 이야기, 다른 사람들도 다 아는 이야기라고 해도 정훈 씨가 들려주는 이야기는 달라요. 전혀 다른 이야기예요."

사랑에 빠지면 눈이 밝아진다. 평범한 눈은 볼 수 없는 상대의 아름다움, 상대의 존재 의미를 알아보기 때문이다. 우진은 그날 청라언덕에 와 본 사람이라면 누구나 알게 되는 동무생각 이야기가 아니라 정훈이 들려주는 흰 나리꽃 이야기를 사랑했다.

청라언덕에서 의료선교박물관과 의료박물관, 선교사 사택, 제일교회를 천천히 둘러본 두 사람은 왔던 길을 돌아 다시 3·1운동 계단을 내려와 계산성당 앞에 섰다.

"멍게덮밥 먹으러 갈래요?"

"멍게덮밥?"

"근처 약전골목에 멍게덮밥 맛있게 하는 집이 있어요. 꽤 유명해요. 서울이나 부산에서 일부러 찾아오는 사람들도 많아요."

"근데 아직 저녁을 먹기에는 좀 이른데?"

"식사 시간에 맞춰 가면 한참 줄 서서 기다려야 해요."

"대단한 집인가봐요."

"가보시면 압니다."

두 사람이 식당에 갔을 때는 저녁이 이른 시각이었지만 손님들이 많았다. 다행히 줄을 서서 기다릴 필요는 없었다. 방금 손님들이 떠난 자리를 종업원이 치우는 중이었다.

"멍게덮밥 여러 군데서 먹어 봤는데 이 집이 최고였어요. 경남 통영에도 맛있는 멍게덮밥집, 멍게비빔밥집들이 꽤 있는데 이 집 맛이 더 낫다고 생각해요. 물론 내 주관적인 미감이지만요."

"아, 맞다. 통영 멍게젓갈 유명하죠. 우리 엄마도 통영 멍게젓갈 쓰시거든요."

"이 집은 직접 멍게젓갈을 담가요. 멍게를 길쭉길쭉하게 썰어서 젓갈을 담그는데 그다지 짜지 않고, 길쭉하게 잘라서 식감이 특별해요. 젓갈인데도 멍게 향이 살아 있고요."

"정말 기대가 되네요. 우와, 저기 봐요."

우진이 유리창 너머 멍게덮밥집 마당을 손으로 가리켰다. 마당에는 손님 일곱, 여덟 명이 줄을 지어 서 있었다.

"그새 손님들이 대기 줄을 섰네요. 조금만 늦었으면 우리도 줄 서서 기다려야 할 뻔했어요."

"정말 이 집 대박인가봐요."

"네. 맛있어요."

"기대되네요."

얼마 후 희고 큰 도기에 쌀밥과 그 위에 채 썬 깻잎과 오이, 새싹 채소, 길쭉하게 썰어 담근 멍게젓갈을 얹은 식사가 나왔다. 멍게젓갈 위에는 깨가 소담스럽게 뿌려져 있었고 들기름을 살짝 쳐놓았다. 큼직하게 썰어서 양념하지 않은 멍게가 1인에 한 접시씩 작은 접시로 따로 나왔다. 따로 찍어 먹을 수 있는 초장이 나왔고, 콩나물과 파를 넣어 시원하게 끓인 국도 나왔다. 밥과 나물, 멍게젓갈을 쓱쓱 비벼 한 숟가락 맛을 본 정훈이 물었다.

"어때요?"

"음~! 맛있어요!! 멍게 향이 은은한 들기름 맛과 잘 어울리네요. 젓갈인데도 멍게 맛이 그대로 살아 있어요."

"이 집 주인이 멍게덮밥 경력 이십 년이래요. 재료 구입부터 손질까지 본인이 직접한다고 해요. 고추장도 직접 담그는데 맛이 변하지 않도록 고춧가루도 늘 같은 가게에서 같은 고추를 골라 빻아 사용한다고 해요. 칠성시장에 있는 고춧가루집이라고 하는데, 초창기에 그 고춧가루집 찾아내는 데만 2년 가까이 걸렸대요. 이 집 저 집 고춧가루 써 보고 그 집 고춧가루가 제일 좋다는 결론을 내렸다고 하네요."

"사장님이 멋있네요."

우진은 '사장님 멋있다'는 말로 '정훈 씨 멋있다'는 말을 대신했다. 맛있는 음식, 정성어린 음식을 만들어내는 사람도 대단하지만 음식에 정성스러운 이야기를 얹어주는 정훈이야말로 푸짐하게 상을 차려내는 사람이라고 생각했다.

"음식 맛도 좋지만 음식에 들어가는 이야기 재료가 신선하고 훌륭하니까 더 맛있는 것 같아요."

"맛있다니 기분 좋네요."

"멍게젓갈, 잘게 썬 깻잎, 들기름, 재료는 다 비슷한데 완전히 달라요. 정말 인생 멍게덮밥이네요."

우진은 엄지를 '척!'하고 세워보였다. 그 모습을 바라보며 정훈이 하얀 이를 보이며 웃었다.

5

오후 두 시를 지나면서 눈이 내리기 시작했다. 그해 첫눈이었다. 한 잎 두 잎 날리던 눈은 금세 함박눈이 되어 온 세상을 하얗게 칠하고 있었다. 사무실 빌딩 아래 소나무가 서 있는 잔디 정원은 그야말로 설국이었다. 정훈은 우진에게 휴대폰 문자를 보냈다.

♬
「창밖을 보세요.」
♬
「어머나! 눈이네요. 함박눈!!!」
♬
「오늘 우리 만나기로 약속한 건 아니지만….」
♬
「보고 싶단 말이죠!」

그날 정훈은 선약이 있었다. 하지만 급한 일이 생겨 참석할 수 없다고 양해를 구했다. 우진 역시 일찍 집에 들어가서 가족들과 저녁을 먹기로 한 날이었다. 우진은 대학을 졸업하고 취업 재수 끝에 대구에 있는 한국가스공사 본사에 취직했다. 우진이 직장을 구하면서 가족들이 대구로 이사 왔지만 아빠는 직장이 있는 청주 집에 그대로 지냈다.

아빠는 일주일에 한 번씩 가족을 만나러 대구 집에 왔는데 오늘이 그날이었다. 가족들이 대구로 이사올 때 정년퇴직을 삼년 남겨두고 있었던 아빠는 이제 퇴직을 육개월 정도 남겨두고 있었다.

우진은 예정에 없던 일이 불쑥 일상에 끼어드는 것을 싫어했다. 갑작스러운 상황 변화에 잘 대처하지 못하는 편이었고, 번개모임에는 아예 나가지 않았다. 하지만 정훈이라면 예정에 없이 불쑥 끼어들어도 조금도 이상할 게 없는, 그만한 자격과 권한이 있는 사람이었다. 하물며 눈이 내리고 있지 않은가. 오늘 같은 날은 정훈과 만나는 일이 가장 시급하고, 중요한 일이었다. 이처럼 눈이 내리는 날 정훈을 만나지 않는다면 대체 어떤 일을 해야 한다는 말인가. 애인이 없는 사람들이나 눈 내리는 날 야근을 하거나 집으로 재깍재깍 들어가 꾸역꾸역 라면을 먹는 것이다. 연인들이라면 첫눈 내리는 날 마땅히 만나야 했다.

평소라면 일을 마치고도 사무실에서 조금 미적댔을 것이다. 하지만 오늘은 정훈을 만나기로 한 날이었고 눈이 내리고 있었다. 업무 종료 시각이 되자 곧바로 사무실에서 나온 우진은 자동차를 회사 주차장에 세워두고 버스를 탔다. 두 사람이 만날 때는 누구든 한 사람이 자동차를 두고 차 한 대로 이동하는 편이 나았다. 회사에서 나올 무렵 정훈이 '자동차는 회사에 두고 오세요. 눈이 내리니 오늘은 내 차로 다녀요'라는 문자 메시지를 보내왔다.

러시아워(rush hour)였지만 회사가 도시의 동쪽 끝에 있어서 버스에 손님은 많지 않았다. 버스 안에 틀어둔 라디오에서 여성 디제이가 청취자가 보낸 문자 메시지를 읽고 있었다.

'인천에는 지금 눈이 내립니다. 함박눈이에요. 전국적으로 눈이 내린다고 하는데, 다른 도시에도 눈이 내리나요. 어떻게 잊을 수가 있을까요, 이 아름다운 멜로디를. 어떻게 잊을 수 있을까요, 아름다운 우리 사랑을! 이라는 문자와 함께 영화 〈러브 스토리 OST〉 신청하셨네요. 그럼요, 어떻게 잊을 수가 있겠어요. 미국의 대표적인 고전 로맨스 영화죠. 러브 스토리 OST, 앤디 윌리엄스(Andy Williams)의 웨어 두 아이 비긴(Where Do I Begin)보내 드립니다.'

우진은 차창 밖으로 날리는 함박눈을 바라보며 미소 지었다. 첫눈은 언제나 특별하다. 하지만 올해 첫눈은 더욱 특별하다. 올해 첫눈일 뿐만 아니라 정훈과 함께 맞이하는 첫눈이었다. 앞으로도 첫눈이 내리는 날이면 어김없이 정훈과 팔짱을 끼고 길을 걷겠지. 라디오에서는 영화 러브 스토리 OST가 이어졌다.

'She came into my life and made the living fine(그

녀는 내 삶에 들어와 멋진 인생을 주었어.) She fills my heart. She fills my heart with very special things, with angel songs, with wild imaginings(그녀는 특별한 일과 천사의 노래와 천진난만한 상상으로 내 마음을 가득 채워요.)… I'm never lonely, With her along who could be lonely(난 결코 외롭지 않아. 그녀와 함께인데 누가 외로울까요.)….'

우진은 눈 내리는 거리를 배경으로, 라디오에서 흘러나오는 옛 노래를 들으며 '어쩜 내 마음 같을까'라고 생각했다.

두 사람은 우산 하나를 받쳐 쓴 채 나란히 걸었다. 정훈의 왼손에는 접은 우진의 우산이 들려 있었다. 우진이 매달리듯 정훈의 팔을 붙잡으며 말했다.

"첫눈은 특별하니까 앞으로도 첫눈 내리는 날에는 우리 뭔가 특별한 일을 만들어요. 있던 약속을 취소하고 일정에 없던 우리 약속을 만들고, 자동차를 세워두고 한참 걷고, 떡볶이 같은 아주 붉고 따뜻한 음식을 길거리에서 사 먹어요."

"왜 하필 떡볶이에요?"

"하얀 눈에 붉은 떡볶이. 배색이 아름답지 않아요?"

"맞네요. 아주 잘 어울리네요."

"그러니까 오늘처럼 이렇게 한참 걷다가 길거리에서 떡

볶이를 사 먹는 거예요. 실내에 들어가면 절대 안 되고 꼭 길거리 떡볶이로!"

"그래야 흰 눈과 잘 어울리고 추위와도 잘 어울리니까."

"그럼요!! 펑펑 쏟아지는 흰 눈 속에 서서."

우진이 정훈을 바라보며 웃었다. 가지런한 이가 예뻤다.

6

"결혼한 뒤로도 종종 같이 오더니 우진 씨는 요즘 통 안 오네?"

"글쎄요. 예전에는 한 번씩 전 먹고 싶다고 하더니 요즘은 그런 말이 없네요. 입맛이 변했나 보죠."

"식사하러 같이 다니기는 해?"

"아이가 있으니까요. 가끔 외식을 하죠."

"두 사람 대화는 많이 하는 편이고?"

"많이 할 게 뭐가 있어요. 몇 년 살다보니까 대충 각자 할 일이 정해지더라고요. 일주일에 한번 대청소는 내가 하고 세탁은 우진이가 하고, 세탁한 빨래는 내가 널고, 다 마른 옷은 우진이가 개고, 아이는 번갈아보고, 일반 쓰레기는 내가 버리고, 음식물 쓰레기는 우진이가 버리고…. 대충 분담이 돼 있으니까 특별히 말하지 않아도 돼요."

"빨래는 네가 개켜라. 쓰레기는 내가 버리마, 뭐 이런 말이 대화야? 하물며 그런 말조차 필요 없어?"

"그러게요. 이상한 건 예전에는 우진이와 이야기하고 싶어서 대화를 나눴는데, 이제는 그 사람 말에 대답하거나 요구사항을 실천하려고 대화를 해요. 그건 우진이도 마찬가지고요. 피차 길게 이야기하지 않아요. 굳이 길게 말하지 않아도 척척 잘 돌아가고요."

"여자들이 말을 많이 안 하고 싶어하는 건 좋은 현상이 아닌데…."

"필요한 말 외에는 내가 싫어하니까 자기도 안 하는 거겠죠. 안 되는 건 아무리 길게 이야기해도 안 되니까 길게 말해봐야 헛일이고요."

직업이 목수가 아님에도 용도가 엇비슷한 톱을 여러 개 갖고 있는 사람은 톱의 기능성보다 톱의 정체성에 주목하는 사람일 것이다. 그런 사람은 톱으로 나무를 잘라 무엇을 만드는 일보다 톱질 자체에 재미를 느끼는 사람이 틀림없을 것이다.

대화도 그럴 것이다. 사랑하는 사람들은 엇비슷한 이야기, 하나마나 한 이야기, 굳이 안 해도 되는 이야기를 나눈다. 하지만 데면데면한 사람들은 하나마나 한 이야기, 효율

적이지 않은 대화, 대화가 어떤 행동이나 후속 결과로 이어지지 않는 이야기를 나누지 않는다. 대화 자체가 목적이 아니니 쓸데없는 이야기를 나눌 이유가 없는 것이다.

"두 사람이 장난은 쳐?"

"장난요?"

정훈이 여주인의 얼굴을 물끄러미 바라보았다.

우진이 내게 장난을 걸거나 내가 우진에게 장난을 걸어본 게 언제였던가. 까마득했다. 장난은 아이를 키우는 데도 집안을 가꾸는 데도 도움이 되지 않는다. 생활에 도움이 되지 않는 짓은 하지 않는다는 것, 그런 것들을 가급적 멀리하려고 애를 쓰는 것이 우진과 정훈의 일상이었다. 효율적인 일상!

7

우진은 경원을 어린이집에 보내기 위해 옷을 갈아입히는 중이었다. 빨리 입히려는 엄마와 귀찮아하는 아이의 실랑이를 바라보며 정훈이 경쾌한 목소리로 말했다. 칭찬을 해주어서 아이가 어서 옷을 입도록 부추길 생각이었다.

"이야, 우리 아들 옷 잘 입네."

엄마를 응원하는 말도 했다.

"엄마와 아들의 협업이 아주 척척인 걸."

우진의 비위를 맞추기 위해 일부러 덧붙인 말이었다. 정훈은 우진의 반응을 기대했지만 그녀는 대꾸가 없었다. 정훈은 옷을 입는 경원을 미소 띤 눈으로 바라보며 부엌의 냉장고로 향했다.

찬물이 든 페트병을 꺼내려고 냉장고 문을 열었던 정훈은 인상을 찌푸렸다. 두부 세 모가 반투명 플라스틱 사각 상자에 담겨 차곡차곡 쌓여 있었다. 어제 저녁에 하나를 찌개에 넣어 끓여 먹었으니 한꺼번에 네 모를 산 것이다.

'하나씩 먹을 만큼만 좀 사지.'

그러지 말라고 몇 번 말했지만 우진은 말을 듣지 않았다. 한마디 하려다가 정훈은 꿀꺽 삼켰다. 지금 우진의 기분을 건드려서 될 일이 아니었다. 정훈은 며칠 전부터 우진의 눈치를 살피며 말을 꺼낼 기회를 찾는 중이었다. 좀처럼 기회를 찾지 못하고 시간이 흘러가고 있었는데 마침 다행히 오늘 아침에는 우진의 기분이 좋아 보였다. 오늘은 꼭 이야기를 꺼내야겠다고 다짐했다.

"내일 토요일인데 우진 씨 혹시 무슨 약속 있어?"

"글쎄…, 아니, 없는데…. 자~ 아들, 다 입었다! 어디 뒤로 돌아봐."

우진은 기계적으로 대답했을 뿐 경원의 옷맵시를 살피느라 정훈을 쳐다보지는 않았다. 우진이 관심을 보이지 않았기에 정훈은 잠시 머뭇거렸다. 정훈이 실망하고 있다는 느낌을 감지한 우진이 물었다.

"왜?"

"차 구경하러 가자고."

"차 구경? 모터쇼?"

두 사람은 연애 시절 국제 모터쇼를 여러 번 구경한 적이 있었다. 대구에서 열리는 모터쇼뿐만 아니라 부산과 서울에서 열리는 모터쇼를 일부러 찾아가기도 했다. 우진은 딱히 모터쇼에 흥미가 없었지만 정훈이 모터쇼를 좋아했기에 여기저기 같이 찾아다녔다. 우진은 자동차에 대해 아는 바가 거의 없었고 별 관심도 없었다. 거리에서 흔히 볼 수 있는 자동차 중에서 차종을 아는 차도 드물었다. 자동차뿐만 아니라 우진은 보통 여성들에 비해 가구나 인테리어에도 관심이 적은 편이었다. 옷을 못 입는 편은 아니었지만 패션에도 딱히 관심을 갖지 않았다. 여자들이 백화점에 옷을 사러 가면 몇 시간씩 걸린다고 하지만 그녀는 아무리 길어도 한 시간을 넘기지 않았다. 몇 번 눈으로 쓰윽 훑어보고 입어보고 바로 선택했다. 그녀의 관심은 주로 요리와 영화, 음악에 집중됐다. 경원이 태어나기 전에는 영화를 보거나 음악을 들으며 하루 종일 혼자 집에 있기를 좋아했다.

정훈은 거리에서 보게 되는 거의 모든 자동차의 차종은 물론이고 배기량, 생산 연도, 가격, 차종별 장단점과 매력, 제조사에서 강조하는 장점, 동종 자동차의 시리즈별 디자인 차이와 특성까지 줄줄 꿰고 있었다.

"차 바꿀까 해서…. 어떤 차가 좋을까 싶네…."

무덤덤한 척, 차를 바꾸기로 한 것은 기정사실인 양 정훈은 거기까지 말하고 우진의 반응을 살폈다. 우진은 경원을 안아 소파에 앉혔을 뿐 별 대꾸가 없었다. 이제 경원의 등원 준비는 끝났고 어린이집 버스가 올 때까지 기다리는 시간이었다. 우진의 반응이 없자 정훈이 혼잣말처럼 중얼거렸다. 어렵게 말을 꺼낸 이상 오늘 매듭짓고 싶었다.

"기분 같아서는 벤츠로 바꾸고 싶지만 겨우 서른 중반에 회사 사람들한테 눈치도 좀 보이고 그러네…."

"멀쩡한 차를 왜?"

"꼭 고장이 나야 차를 바꾸나…."

"꼭 고장이 나야 바꾸는 건 아니지만 새로 산 지 몇 년 되지도 않은 차를, 멀쩡하게 잘 굴러가는 차를 왜 바꾸냐고? 몇 천만 원씩 들여서."

"고장이면 수리하면 되지~. 내가 차를 바꾸겠다는 건 고장이나 성능 문제와는 전혀 다른 문제거든…. 뭐라고 할까…. 수명이 다 됐다고나 할까…."

"수명이 다 되다니? 산 지 3년밖에 안 됐는데 무슨 수명이 다됐다는 거야?"

"차가 굴러가기만 하면 다 괜찮은 건가…."

"멀쩡하게 잘 굴러가잖아? 잔 고장이 나는 것도 아니고."

"차가 도로 위를 굴러다니는 수명 말고 내 마음의 수명이 다 됐다는 말이지, 내 말은…. 내가 자동차에 또 좀 예민하잖아."

"그러니까 싫증났다는 말이네?"

"싫증? 뭐 비슷하다고 할 수도 있는데 꼭 그런 말은 아니야."

"아니면?"

"자기는 자동차를 단순히 교통수단으로만 보는 경향이 있는데…. 내가 생각하는 자동차는 교통수단 이상이야. 단순한 도구나 수단이면 고장이 안 나는 이상 타고 다니는 데 아무 문제없지만, 내게 자동차는 아침저녁으로 출퇴근할 때 필요한 수단이자 내 생활공간이야. 단순한 비히클(Vehicle)이 아니고, 도로 위의 다른 차들과 무지막지한 소음으로부터 나를 격리해주는 외투 같은 거라고나 할까? 그렇고 그런 세상과는 다른 나만의 세상, 내 삶의 일부라고 봐야지. 내 정체성에 관한 어떤 무엇이라고 할까? 그래서 고장난 데가 없고 찌그러진 곳이 없어도 수명은 얼마든지 끝날 수 있는 거지."

정훈이 자기 나름 그럴 듯하게 주절주절 이유를 설명했지만 우진은 단호했다.

"아니 그래 좋아. 단순한 비히클이 아니거나 말거나 간에 멀쩡한 차를, 고장 하나 없는 차를 굳이 바꿀 필요가 있느냐고? 그것도 산 지 3년밖에 안 된 차를! 돈이 남아도는 것도 아닌데, 아니 돈이 남아돌아도 그렇지. 멀쩡한 차를…."

"멀쩡하지 않다니까? 수명이란 게 있다고, 수명! 단순한 기능상의 문제가 아니라 내 삶에 질적인 만족, 내 정체성에 만족을 주고 싶다고. 내가 돈을 버는 이유가 뭔데? 돈 쌓아놓으려고 벌어? 아니잖아? 마찬가지예요. 내가 자동차를 타기 위해 자동차를 타는 건 아니잖아? 내 삶을 편리하고 풍요롭게 하기 위해 자동차를 타는 거라고."

"풍요 같은 소리 하지를 마세요. 누구는 뭐 저 소나타가 좋아서 타는 줄 알아? 나도 싫증날 때 있어. 그래도 큰 문제없이 굴러가니까 그냥 타는 거라고. 타고 다니는 차가 인생에 풍요로움을 주지 않는다고 바꾸는 사람이 우리나라에 몇 명이나 되겠어?"

우진은 결혼 전부터 타고 다니던 소나타를 지금도 타고 있었다. 아마 7년 정도 탔을 것이다. 어디 장거리를 다니는 일이 드물고 결혼한 뒤로 가족 여행 때나 가족이 함께 움직일 때는 정훈의 차를 탔기에 주행거리가 그다지 많지는 않았다. 하지만 오래됐고 세련된 맛이 떨어지는 것은 사실이었다.

"그럼 말 나온 김에 자기도 차 바꿔."

"뭐?"

"자기도 새 차로 바꾸라고."

"지금 그걸 말이라고 해? 자동차를 누가 맘에 드니, 안 드니 하는 문제로 바꾼대? 그게 그렇게 간단한 일이야? 우리가 그럴 만큼 한가하고 부자라고 생각해? 앞으로 돈 들어갈 일이 얼마나 많은데 무슨 뚱딴지같은 소리를 해?"

"아니 제발 그렇게만 생각하지 말고. 내 생각도 좀 들어봐~."

"아, 됐어. 굴러가기 힘들 만큼 고장 나기 전에는 차 바꿀 생각하지마."

"아니 우진 씨. 내 말 좀 들어봐. 고장이 나서, 더 이상은 굴러가기 어려워서, 수리비용이 너무 많이 들어서 차를 바꿔야겠다는 거나 내 마음의 수명이 다 돼서 바꿔야겠다는 거나 근본적으로 같은 이야기잖아? 수명이 다 된 거라고. 아주 심각한! 큰 고장이 난 거란 말이지."

"어쨌든 굴러가잖아?"

"굴러가기만 하면 되는 거야?"

"다들 그렇게 탄다고!! 우리 형편에 무슨 차를 3년마다 바꿔…."

"무슨 3년마다야. 이번만 그렇지. 그리고 우리 형편이 어때서?"

"애 키우고, 학원도 보내야 하고, 집도 장만해야 하고, 저축도 해야 하고, 갑자기 생길지 모를 병이나 사고도 대비해야 하고, 어른들도 늙어 가시고, 돈 쓸 일이 없어서 걱정이야? 오만원짜리 돈다발로 방에 불을 때는 한이 있어도 차 바꾸는 건 안 돼."

"말이 안 통한다."

"누가 할 소리!"

정훈은 '산다는 게 다 그런 것이라서 다른 사람들이 싫증이 나도 고장이 없으니 차를 꾸역꾸역 타고 다닌다고 해서, 우리도 그렇게 살아야 하는 거냐?'고 묻고 싶었지만 말을 꺼내지는 않았다. 지루하고 못마땅하기로 따지면 그녀도 마찬가지일 것이다.

우진은 경원을 일으켜 세워 어깨에 가방을 걸쳐 주었다. 이제 슬슬 나가야 할 시간이었다. 우진은 어린이집 버스가 아이를 기다리게 하는 법이 없었다. 늘 조금 일찍 나가서 경원이 어린이집 버스를 기다리도록 했다. 한 사람이 1분씩 늦으면 맨 나중에 타는 사람들은 얼마나 늦어질지 모르고, 약속 시간이 무의미해진다는 말이었다. 그렇게 되면 뒤에 기다리는 아이들과 부모들은 막대한 시간 피해를 볼 뿐만 아니라 바쁜 아침 시간에 생활 리듬이 무너져 버린다고 했다. 한마디로 서우진은 모두가 지킬 것을 철저히 지킴으로써 서로 돕자는 건강한 사회인이었다.

정훈이 소파에 앉아 있는 우진 옆에 털썩 앉았다. 어떻게든 우진을 설득하고 싶었다.

"왜 앉아? 버스 올 시간 다 됐잖아. 경원이 데리고 빨리 나갔다 와."

그러고 보니 어린이집 버스가 도착할 시각이었다.

정훈이 아이의 손을 잡고 현관 중문을 열면서 소파에 앉아 화장하는 우진을 돌아보며 말했다.

"그런데 말이야⋯."

"뭐?"

우진은 못마땅한 목소리로 대꾸했을 뿐 정훈을 쳐다보지 않고 화장에 열중했다. 회사가 먼 그녀는 출근이 바빴다. 정훈은 '자동차를 바꾸지 않고도 마음의 수명을 늘리는 방법은 무엇일까'라고 물으려다가 그만두었다.

"아니야, 나갔다 올게."

정훈은 경원의 신발을 신겨 현관문을 열고 나갔다.

아파트 단지 입구에서 어린이집 버스를 기다리는 동안 정훈은 경원과 발로 가위 바위 보 게임을 했다. 두 발을 앞뒤로 엇갈리게 벌리면 가위, 두 발을 모으면 바위, 두 발을 양쪽으로 벌리면 보였다.

"가위 바위 보!"

정훈의 외침에 경원이 한 박자 늦게 보를 펼쳤다. 아이는 거의 언제나 보를 냈다. 가위나 바위보다 보가 편하기 때문이리라. 그래서 정훈은 한번은 바위를 내서 져 주었고 한번은 가위를 내 이겼다. 경원은 이기면 까르르 웃음을 터뜨렸고, 지면 투덜거렸다. 그러면서도 거의 언제나 보를 냈다.

"가위 바위 보!"

이번에는 정훈이 졌다.

"우와 우리 경원이가 이겼네. 아빠가 지다니! 분하다!"

경원이 함박웃음을 터뜨렸다. 그때였다.

"안녕하세요?"

옆 동에 사는 여자가 경원과 같은 어린이집에 다니는 딸아이를 데리고 나왔다. 그녀는 출근 준비를 마친 정장 차림이었다. 여느 때처럼 오늘도 딸을 어린이집 버스에 태워 보내고 곧바로 지하 주차장으로 내려가 자동차를 운전해 출근할 것이다. 경원이 다니는 어린이집은 오전 10시부터 시작하는 일반반과 일찍 출근하는 부모들을 위해 오전 8시부터 시작하는 돌봄반이 있었다. 경원과 옆동 여자 아이는 돌봄반에 다녔다.

같은 어린이집, 같은 돌봄반에 다녔지만 경원과 옆동 여자 아이는 서로에게 별 관심을 갖지 않았다.

"인사해야지?"

옆동 여자가 딸의 등에 손바닥을 대며 경원을 가리켰다. 그제서야 여자아이는 경원에게 '안녕'하고 인사했다. 경원 역시 그제서야 여자 아이에게 '안녕'하고 인사했다. 그뿐이었다. 경원은 곧 '가위 바위 보' 게임으로 돌아왔고 옆동 여자 아이 역시 제 엄마와 동화에 나오는 노래를 부르며 율동

했다. 그런 나이였다.

아직은 친구가 필요하지 않은 나이, 엄마와 아빠가 세상의 전부인 시절이었다. 아침 일찍부터 아이를 씻기고 먹이고 입혀서 어린이집에 보내는 것, 어린이집 버스를 기다리는 동안 '가위 바위 보' 게임을 함께 노는 것, 저녁에 아이를 어린이집에서 데려와 씻기고 먹이고, 동화를 읽고 함께 노는 것으로 가족의 세상은 문제없이 작동 중이었다. 그리고 시간이 지나면 아이들은 자라서 부모의 품을 떠날 것이다.

노란색 어린이집 버스가 도착하고 정훈은 경원을 버스에 태워 보내며 손을 흔들었다. 버스가 떠나자 옆동 여자와 정훈은 허리를 숙여 인사하고 각자의 길을 갔다.

집으로 돌아오는 길에 정훈은 문득 캐나다 토론토 대학교 클로디아 골딘 교수가 쓴 책『히든 패밀리(The hidden family)』를 떠올렸다. 골딘은 세계적 명성을 얻고 있는 여성 노동 경제학자였다. 그녀의 저서 '히든 패밀리'는 패밀리(가족 및 사회) 속에서 여성의 존재와 여성의 노동은 어떤 평가를 받고 있는지를 연구한 책이었다.

전체적 내용은 기억나지 않지만 '남녀간 사랑은 DNA가 인간 개체를 포획하기 위해 설치해놓은 덫이며 진화의 도미노로 사람을 줄 세우기 위한 과정'이라는 저자의 주장은 인상적이었다. 순차적으로 넘어지면서 뒤로 끝없이 이어지는 도미노 말이다. 골딘에 따르면 인류는 사랑의 힘으로 끝없이 재생하고 순환하는데 그 과정에서 각 개체는 DNA가 자신에게 부여한 임무를 수행하는 도미노 같은 존재였다.

책은 사랑에 빠진 사람은 진화의 고리 또는 도미노로 쓰이기 위해 붙잡힌 희생물이며 도미노로 세워진 다음 자기 차례에, 한 치의 오차도 없이 넘어짐으로써, 자기 뒤에 서 있는 도미노를 넘어뜨려 DNA가 부여한 임무를 수행하며 서서히 소멸한다고 주장했다. 누군가를 사랑하고 결혼하고 아이를 낳아 기르는 것은 DNA가 파놓은 '함정'에 빠진 결과라는 말이었다.

골딘이 주장하는 바, 사랑과 부부는 구심력과 원심력처럼 작용하는 관계다. 사랑은 이상이자 추상이고, 부부는 현실이자 구상이라는 것이다. 하여 우리 눈에 아름답게만 보이고 설레는 감정인 사랑은 사실 DNA가 파놓은 함정이고, 일반적으로 우리가 넌더리나게 생각하는 부부싸움은 함정에서 벗어나려는 개체의 안간힘이라는 말이었다.

클로디아 골딘은 책의 에필로그에서 '사랑의 정체는 함정이다. DNA의 심부름꾼이 아니라 인생의 주체로 살고 싶다면 우리는 한 자리에 머물지 않아야 하며 황야를 헤매는 방랑자가 되어야 한다. 연인이나 남편과 아내에게 싫증을 느낀다면 당신은 다시 주체로 거듭날 수 있는 에너지가 충전된 것이다. 낯선 길을 떠나느냐, 익숙한 고장에 남아 죽을 때까지 늙어 가느냐는 당신의 몫이다'고 썼다.

정훈에게는 주로 통계와 수치로 전개되는 본문의 연구 자료보다는 작가의 후기가 인상 깊게 와닿았다. 골딘의 『히든 패밀리』를 듬성듬성 복기하며 집으로 돌아왔을 때 우진은 출근하고 없었다. 늦지 않게 제시간에 출근한 것이다.

정훈은 주방으로 가서 개수대에 아무렇게나 엎어져 있는 그릇을 설거지했다. 출근 시간이 이른 우진이 일찍 일어나서 아침을 준비하고 설거지는 정훈이 맡아온 것은 오래된 암묵적 약속이었다. 설거지를 끝내고 진공청소기로 주방과 거실을 대충 청소한 다음 정훈은 여느 때와 똑같은 시간에 집을 나섰다. 출근길이었다.

8

"나온 김에 약전골목에 멍게덮밥 먹으러 갈까?"

휴일을 맞아 반월당 인근 현대 백화점에 아이 옷을 사러 나온 길이었다.

"멍게덮밥?"

"저 아래 우리 가던 멍게덮밥집 말이야."

점심시간도 저녁시간도 아니었지만 휴일이라 식당에는 손님이 많았다. 평일에는 근처 직장인들이, 휴일에는 인근 현대백화점에 쇼핑 나온 사람들과 근처 계산성당에 미사 드리기 위해 온 사람들이 많이 찾는 것 같았다. 멍게덮밥집 마당에 들어서면서 우진이 말했다.

"자리 있나 물어봐. 없으면 딴 데 가."

"왜? 이 집 멍게덮밥 좋아했잖아."

"좋아한다고 이 추운 날 줄 서서 기다렸다가 먹어?"

"전에는 줄 서서 먹었잖아."

"그때는 그때고. 빨리 가서 물어보기나 해."

정훈이 식당 홀 문을 열자 안쪽에 빈자리가 더러 있었다. 손님들이 마당이 내다보이는 창가 자리를 선호하는 바람에 밖에서 볼 때 빈자리가 없는 것처럼 보였을 뿐이었다.

"자리 있어. 들어가자."

자리에 앉으면서 정훈이 물었다.

"날씨도 쌀쌀한데 빈대떡에 동동주 한잔 마실까?"

멍게덮밥 전문점이었지만 간혹 반주를 곁들이는 손님을 위해 멍게 안주와 빈대떡도 파는 집이었다.

"대낮부터 무슨 술이야, 됐어!"

"내가 마시고 싶어서 그러나 어디, 오랜만에 우진 씨 한잔 하라는 거지."

"됐어. 애 보는 앞에서 무슨 술이야."

"술이 뭐 먹으면 안 되는 음식이야? 애 보는 앞에서 한잔 마실 수 있는 거지."

그러는 동안 주문한 멍게덮밥이 나왔다.

음식은 여전히 정갈했다. 밥 위에 얹어 나오는 멍게젓갈 외에 큼직하게 썰어 양념하지 않고 내놓는 생멍게도 그대로였다.

"멍게덮밥 맛이 왜 이래?"

"왜? 괜찮은데…."

"주방장이 바뀌었나?"

"아니, 주인장이 그대로 하시는데?"

"장사가 잘 되니까 신경을 덜 쓰나 봐."

"괜찮은데?"

"예전 맛이 아니야."

"똑같은데…."

예전에 먹던 맛이 아니라면서도 우진은 한 그릇을 다 먹었다. 밥을 다 먹은 정훈이 문득 고개를 들어 창밖을 보았다. 눈이 내리고 있었다.

"눈이 오네."

혼잣말처럼 중얼거리는 정훈의 말에 뒤를 돌아본 우진이 난감한 표정을 지었다.

"갑자기 웬 눈이래? 일기 예보에 눈 온다는 말 없었는데…."

"첫눈 오는 날에는 영화 한 편쯤 봐야 하는데 우리도 영화 보러갈까?"

"그런 이야기, 너무 상투적이지 않아?"

"뭐가?"

"첫눈 내리는 날 만나기로 약속하고 첫눈 내리면 아다모(살바토레 아다모)의 '눈이 내리네' 같은 노래를 찾아 듣고, 닥터 지바고의 실원이 어쩌느니, 러브스토리 영화가 기억나네 하는 이야기들 말이야."

"다들 그러잖아?"

"그러니까 상투적이라고. 첫눈 내리는 날은 뭔가 특별한 이벤트를 만들어야 한다는 생각 말이야. 특별한 것처럼 보이지만 그런 것들이야말로 누구나 매년 첫눈 내리는 날 떠올리는 뻔한 것들이잖아."

"듣고 보니 그렇기도 하네."

"뭐 새삼스러울 것도 없다. 자기가 생각하는 게 다 그렇지."

"빈정대는 거야?"

"사실을 말한 거야. 재미없어, 그런 말. 여튼 제발 쌓이지나 말고 녹아줬음 좋겠어. 밤에 얼기라도 하면 내일 아침에 힘들어. 지하철 타고가자니 숨 막히고."

"눈이 운전을 방해하는 고약한 물질이 돼 버렸구나?"

"아침 출근길에 눈만큼 성가신 게 또 있어? 사십 분이면 출근할 수 있는데 눈 때문에 한 시간, 한 시간 반씩 걸린다고 생각해봐. 차바퀴에 짓눌려 반쯤 녹아 칙칙한 꼴은 또 어떻고? 눈보다 비가 훨씬 나아. 너는 뭐 하니! 빨리 먹지 않고! 종일 저지래야."

우진이 밥숟가락을 흔드는 경원을 나무랐다. 청주 태생인 우진이 배운 경상도 사투리가 몇 개 있었다. 그 중에 가장 많이, 자주 쓰는 사투리가 아마 '저지래'일 것이다. 경원이 걸음마를 시작한 이래 우진은 '저지래'라는 말을 무시로 썼다.

다섯 살이 된 경원은 일인분의 식사를 받았지만 아직 엄마나 아빠가 떠먹여주지 않으면 온 식탁에 다 흘리고 입 주변과 얼굴에 갖은 풀칠을 했다.

"아직 애잖아…."

정훈이 우진을 나무라는 투로 말했다.

"얼른 먹고 나가야지. 오늘 같은 날은 일찍 가서 지하주차장에 차 세워야 해. 지상에 세웠다가 차 유리에 눈 쌓이면 아침에 애 먹는다고."

우진이 경원을 재촉하며 숟가락으로 밥을 떠먹였다. 그 모습을 마뜩찮은 눈으로 바라보며 정훈은 우진의 눈에 띄지 않게 입을 삐죽 내밀었다.

"눈은 또 왜 오고 난리래…."

우진이 경원에게 밥을 떠먹이며 투덜거렸다.

9

"멍게덮밥을 먹고 나오는 데 근처 옷가게 스피커에서 '안동역에서' 노래가 흘러나오고 있는 거예요."

"안동역?"

"그 왜, 바람에 날려버린 허무한 맹세였나. 첫눈 내리는 날 안동역 앞에서 만나자고 약속한 사람~."

"안 오는 건지~, 못 오는 건지~"

"맞아요. 첫눈 내린다고 누가 틀어놓은 모양인데, 그 노래 듣는 순간 연애 시절 첫눈 내리던 날 우진이랑 내가 벌였던 이벤트들이 파노라마처럼 떠올랐어요. 흰 눈이 펑펑 내리는 길가에 서서 떡볶이를 사먹고 공연히 초등학교 운동장에 들어가 아무도 밟지 않은 눈을 뽀도독 뽀도독 밟고 아버지께서 근교에 마련하신 농막에 가서 펑펑 쏟아지는 눈을 보며 모닥불을 피우고, 투명 비닐을 둘러친 포장마차에 들어가 눈 내리는 밖을 내다보며 소주를 마시던 날들…. 그런 장면들이 머릿속에 떠올랐는데 마치 못생긴 연인들이 입 맞추는 걸 본 듯한 기분이었어요."

"못생긴 연인들이 입 맞추는 걸 본 기분은 어떤 기분이야?"

"글쎄요…. 눈 내리는 데 벌였던 이벤트들이 사랑에 빠진 본인들에게는 아름답고 특별한 행위이겠지만 다른 사람 눈에는 보기 흉하고, 너무나 통속적인 짓거리라고나 할까요? 하여간 그런 애매한 감정이 뒤섞인, 안 봤으면 좋았을 것을 본 것 같은 기분이었어요."

"본인들이 사랑해서 펼쳤던 이벤트들이 이제는 불쾌하게 느껴진다고?"

"딱 잘라서 불쾌하다고 말할 수는 없는데, 그 시절 그토록 순결하고 설레고 특별했던 일들이 조금도 설레지도 아름답지도 않다는 생각이 드는 거예요."

오후 여섯 시가 돼도 다른 손님은 들어오지 않았다. 평소라면 한두 테이블 정도는 손님들이 들어와 앉아 있을 시각이었다. 다른 손님이 없는 탓에 여주인이 마주앉아 이야기를 들어주는 것이 좋은 일인지 나쁜 일인지 정훈은 헷갈렸다. 단골집이고 여주인이 종종 정훈 일행과 함께 마시며 이야기를 나눈 적은 있었지만 '이런 이야기를 내가 왜 하고 있나' 싶은 생각이 들었다. 정훈이 소주잔을 비웠고 여주인이 정훈의 빈잔을 채웠다. 정훈이 말없이 멍하게 앉아 있자 여주인이 말문을 텄다.

"우진 씨 예쁘잖아. 정훈 씨가 좀 잘해."

"얼굴이야 예쁘죠. 배려심도 있고."

"나무랄 데가 없네."

"콕 찍어 나무랄 데는 없죠…."

"문제는 와이프가 아니고 본인이란 생각 안 들어?"

"그럴지도 모르죠."

"그러니까 좋아했던 시절을 생각하면서 노력을 좀 해. 매사가 다 노력하기에 달렸어."

"내가 우진이를 처음 만났을 때 얼굴이 예쁘다거나 몸매가 좋아서 또는 성격이 좋다고 사랑한 건 아니었어요. 그냥 보는 순간 사랑했어요. 그 사람을 사랑하기 위해 어떤 선업을 쌓은 적도 없고 특별히 무슨 노력을 한 것도 없어요. 어느 날 갑자기 벼락처럼 사랑이 내게로 왔어요. 그리고 그 사람과 연애하고 결혼한 뒤로 나는 아무런 악업을 쌓은 적이 없고 게으름을 피우지도 않았어요. 그런데 사랑이 연기처럼 사라졌어요. 우진이는 처음 만났을 때 그 모습, 그대로 거기 있는데 사랑만 슬그머니 빠져나가버린 거예요."

여주인이 정훈의 얼굴을 너그러운 표정으로 바라보았다. 사람살이가 다 그렇다, 나는 다 이해한다, 괜찮다고 말하는 얼굴이었다.

"어쩌면 내가 사랑했던 건 우진이가 아니라 우진이한테 묻어있는 어떤 향기였는지도 모르겠어요. 그러니까 애당초 사랑이란 건 어떤 사람에게 빠지는 것이 아니라 그 사람에게 묻어 있는 어떤 향기에 취하는 것이 아닐까…. 사랑이 마치 향기처럼 허공을 떠돌다가 우연히 어떤 사람의 몸에 내려앉게 되고 그러면 그 향기를 좋아하는 사람이 사랑에 빠지고, 그러다가 시간이 지나면 향기는 날아가버리는…."

"사랑이 향기같은 것이기는 하지. 그렇다고 향기가 공기 중에 저 혼자 떠다니기야 하겠어? 사람이 품고 다니는 것이겠지."

"사람이 품고 다니는 거라면 그 사람이 변하지 않는 한,

그 사람이 거기 그대로 있는 한, 향기도 머물러 있어야 하잖아요. 근데 우진이는 예전이나 지금이나 변한 것이 없는데 사랑의 향기가 나지 않아요. 그건 왜일까요?"

"어딘가에 사랑의 향기가 남아 있을 거야. 그걸 찾으려고 노력하는 것이 사람에 대한 예의인 것이고 사랑인 거야."

정훈은 고래(古來)로 사람이 하는 모든 행위에는 목적이나 이유가 있다고 생각했다. 선사시대 인류가 사냥을 한 것도, 현대인이 직장에서 일을 하는 데도 다 이유가 있다. 일단은 먹고살기 위해서다. 먹고살기 위한 사냥이나 직장에서 일뿐만 아니라 골프든, 테니스든, 하다못해 티비(TV)드라마를 시청하고 소설을 읽는데도 이유가 있다. 사람마다 이유가 다르고 한두 가지가 이유가 더 많거나 적더라도 사람이 어떤 행위를 하는 데는 다 이유가 있다. 설령 직장을 재미로 다닌다고 해도 '재미를 추구한다'는 이유가 있는 것이다. 그래서 인간의 모든 행위는 기능적이고 효율성을 추구한다. 일뿐만 아니라 오락도 효율이 중요하다. 사람들이 이왕이면 재미있는 오락거리를 찾는 것도 그 때문이다.

사랑은 다르다. 먹고살기 위해서 사랑하는 것이 아니고, 재미로 사랑하는 것도 아니고, 누가 억지로 시켜서 하는 것도 아니다. 결혼하기 위해서 사랑하는 것도 아니고, 시간을 때우기 위해서 사랑하는 것도 아니다. 누군가를 위한 배려나 봉사도 아니다. 사랑은 그 자체로 목적이지 무엇을 얻거나 누리기 위한 행위가 아닌 것이다. 그렇기에 사랑은 얻고자 노력한다고 얻을 수 있는 것이 아니고, 지키고자 애쓴다고 지켜지는 것 또한 아니다.

흔히 부부 클리닉 전문가라는 사람들이 하는 말, 그러니까 대화하고 양보하고 배려함으로써 사랑이 생겨나고, 그 사랑이 유지된다는 말을 정훈은 믿지 않았다. 그렇게 해서 얻거나 유지되는 것은 사랑이 아니라고 생각했다.

사랑이란 밥과 같은 기능성 연료가 아니다. 연료를 얻기 위해서라면 시간과 노력을 들이고 땀을 흘려야 마땅하다. 그리고 연료는 시간과 노력을 들이면 다소 적거나 많거나 간에 얻을 수 있다. 하지만 사랑은 하늘에서 뚝 떨어지는 것이지 땀 흘려서 얻을 수 있는 물건이나 성취 같은 것이 아니다. 게다가 사랑은 터질 듯 꽉 찬 전부 아니면 전무인 것이지, 좀 적을 수도 있고 많을 수도 있는 무엇이 아니지 않은가. 그렇지 않다면 연애시절 순수함으로 와닿았던 우진의 맹함이 지금은 태무심함으로, 털털함으로 보였던 실수가 조심성 없음으로, 정훈에 대한 깊은 믿음에서 나온 것이라고 여겨졌던 의지가 의존심으로 보이는 이유를 설명할 수 없었다.

"사랑을 얻고 지키기 위해 품을 들이고 인내하고 애를 써야 한다면 그것이 사랑일까요?"

"세상에 공짜가 어디 있어? 하다못해 맥주 한잔을 마셔도 돈을 내야 하고 그 돈을 벌자면 노력하고 일을 해야 하잖아. 하물며 그 엄청난 사랑을 얻고자 하는 것인데?"

정훈은 하마터면 '나는 우진이 예뻐서 사랑한 것이지, 예쁘지 않은데 일부러 애를 써서 사랑한 것이 아닙니다. 그런데 이제 와서 못생긴 여자를 사랑해야 하나요?'라고 말할 뻔했다.

정훈은 자신이 영화 속 주인공이 아니라 매일매일 죽는 연기를 해서 일당을 받아가는 엑스트라 같다는 생각을 했다. 그나마 죽는 연기를 잘해서 잘리지 않고 엑스트라로도 출연할 기회가 계속 주어지는 인생 말이다. 그것은 아마 우진도 마찬가지일 것이다. 두 사람 중 누구도 이 지경이 되도록 의도하기는커녕 이렇게 되도록 방치한 적도 없는데 이렇게 돼 버렸다. 대체 무슨 마술이란 말인가.

그날 정훈은 꽤 많이 마셨다. 술을 종종 마셨지만 취하도록 마시는 경우는 드물었다. 거의 언제나 기분 좋을 정도만 마시고 일어서는 편이었다. 이제 전집에는 손님들이 제법 들어와 시끌벅적했다.

"그만 마셔."

손님들이 하나둘 들어오면서 정훈의 자리를 떠났던 여주인은 정훈이 소주 한 병을 더 주문하자 다가와 말렸다.

"안 취했어요."

"뭘 안 취해. 많이 마셨는데. 그러지 말고 일찍 들어가. 괜히 집에서 걱정하게 하지 말고."

"훗, 걱정은 무슨!"

"두 사람 같이 한번 와. 우리 집에서 만났다니까 기념으로 한턱낼게."

"정말이지 이 집에 손해배상 청구하고 싶어요. 루어 낚시터 같아요. 사람 잡는 루어낚시터."

"정말 별 소릴 다한다."

정훈이 자리에서 일어나 캐리어 가방을 끌고 계산대 앞으로 갔다. 여주인은 정훈이 내민 카드를 받아 계산 단말기에 긁으며 말했다.

"곧장 집으로 가는 거지?"

"네."

"잘 생각했어."

"뭘요?"

"마음잡은 거 아냐?"

"모르겠어요. 집에 가서 이 짐을 부려 놓아야 할지, 남은 짐을 들고 나와야 할지…."

정훈이 가방을 끌고 전집을 나서는데 등 뒤에서 여주인이 큰소리로 인사를 건넸다.

"우진 씨랑 같이 한번 와."

정훈은 가던 걸음 그대로 팔을 들어 흔들었을 뿐 뒤를 돌아보지는 않았다.

이치카

1

마쓰자카 미츠나리 경부보가 변사사건 현장에 직접 나간 것은 총 때문이었다. 평범한 사망사건이라면 순사들을 내보내 변사자 신원을 확인하고 타살 혐의를 살펴보면 될 일이었다. 유난히 추운 겨울이었고 관내에서 벌써 다섯 번째 동사자였으니 말이다. 그런데 현장에서 총이 발견됐다는 것이다.

스프링필드 M1873.

미국에서 들어온 소총인데 주로 큰 짐승을 잡는 사냥꾼들이 들고 다녔다. 후장식이기는 하지만 한 발씩 장전하는 방식이라 교전에서는 퇴물이 된 지 오래였다. 하지만 혹 불령선인(不逞鮮人)들과 연결된 사건인지 살펴야 했다.

사망자는 조선인으로 이름은 임유동, 사냥꾼으로 보였다. 사냥 허가증과 총, 짐승 가죽, 그을리고 찌그러진 주전자 따위 소지품들이 그가 사냥꾼임을 짐작케 했다. 짐 보따리에서는 소설책도 한 권 나왔다. 조선인 작가가 쓴 연애소설 『강희의 잔소리』. 오래 갖고 다닌 모양인지 책은 너덜너덜했다. 긴 세월 써온 것으로 보이는 공책도 세 권 있었다. 사망사건과 관련된 단서가 있을지도 몰랐다. 찬찬히 읽어볼 생각이었다.

임유동은 인근 마을 주민이 아니었다. 근처 다섯 개 마을 이장들을 불러 조사했지만 임유동을 아는 사람이 없었고, 임유동이 마을 주민들과 접촉한 흔적도 없었다. 마쓰자카는 순사들에게 뒤처리를 지시하고 경찰서로 돌아와 공책을 펼쳤다. 내용 대부분이 한두 줄씩 짧게 기록한 일과였다. 비교적 긴 글들은 기록을 시작한 초기에 집중돼 있었다. 손바닥을 턱에 괴고 공책을 넘기던 마쓰자카는 문득 자세를 고쳐 앉았다. 한두 번은 무심코 넘겼는데 당시 일본인에게는 드문 이름, 그러나 마쓰자카에게는 낯익은 이름이 계속 등장했다.

이치카(一花)

자신이 오래 전 알았던 하마다 이치카(浜田—花)와 임유동의 공책에 등장하는 이치카는 동일인 같았다. 이름과 나이가 같았고 행적도 일치하는 데가 많았다.

9년 전이었다. 마쓰자카가 순사교섭소를 수료하고 두 번째 발령 받은 곳은 일본 조차지인 관동주 해안도시 다롄(大連)이었다. 다롄 근무를 시작하고 얼마 지나지 않았을 때 관내에서 아내가 남편을 살해하는 사건이 발생했다.

젊은 일본인 부부였는데 계획범죄는 아니었다. 남편의 폭력에 시달리던 여자였다. 그날도 남편의 손찌검이 시작됐고, 여자는 남편 손찌검에서 벗어나기 위해 눈앞에 있던 빨래 방망이를 들고 휘둘렀다. 이마를 맞은 남편은 넘어지면서 공교롭게도 초석(礎石)에 후두부를 찧는 바람에 사망한 사건이었다.

죽은 남편은 교토제국대를 졸업한 엘리트로 다롄 일본인 사회에서 평판이 좋았다. 경제인들은 물론이고 군부대 간부들과 사이도 좋았고 아직 젊은 나이임에도 사업수완 역시 상당했다. 수사과정에서 그가 아내를 자주 때렸다는 사실이 알려지자 그를 아는 사람들은 믿을 수 없다는 반응이었다. 하지만 수사로 확인한 바, 상습 폭행은 사실이었다. 죽은 남편의 바깥에서 언행과 집안에서 행실이 많이 달랐던 모양이었다.

아내는 만철(滿鐵·남만주철도주식회사) 산하 푸순(撫順)탄광에서 타이피스트 겸 노무관리원으로 일한 경력과 다롄의 민간 회사에서 총무 관련 일을 한 적이 있는 여자였다. 부모가 조선으로 이주해 게이조(경성)에서 태어난 일본인이었다. 사건 당시 서른이 채 안 됐으며 꽤 미인이었던 것으로 마쓰자카는 기억하고 있었다.

여자는 범행을 인정했고 담담하게 진술했다. 자신이 가정폭력의 피해자임을 호소하지 않았다. 다만 어린 딸을 염려하며 눈물 흘렸다. 여자는 재판에서 17년 형을 선고받았고, 딸은 여자의 바람대로 게이조의 친정 부모 댁에 맡겨졌다. 다롄에 있는 뤼순 형무소에 수감됐다는 말을 들었지만 그 뒤로 소식을 듣지 못했다. 이감되거나 죽지 않았다면 여전히 뤼순 형무소에서 복역 중일 것이다.

마쓰자카는 임유동이 남긴 공책을 한 장씩 넘겼다. 임은 게이조 변두리 시골마을에서 태어났다. 세 살 무렵 그의 집안이 랴오닝성 안둥(安東:지금의 중국 단둥:丹東)으로 이사했고 거기서 어린 시절을 보냈다. 고등보통학교를 졸업하고 스무 살 되던 해에 만철 산하 푸순 탄광 노무관리 보조원으로 취직했다.

보조원이라고 해도 월급은 광부들보다 많았고 탄 캐는 것에 비해 일은 훨씬 수월했던 모양이다. 임유동이 이십 대 후반에 쓴 글에는 '아버지께서 그 일을 내게 얻어주시기 위해 거금을 들였을 것이라고' 짐작하는 내용이 있었다. 그러면서 '부모님의 기대를 저버리고 나는 떠도는 사람이 되었다….'라고 쓰고 있었다. 그 문장을 읽으며 마쓰자카는 임유동이라는 인물을 머릿속에 그려보려고 애썼다.

2

푸순 탄광 노무관리소는 푸순지역 전체 석탄 생산과 노무관리를 책임지는 곳이었다. 빙 둘러친 철책 안에 푸순탄광 본부관과 노무관리소 건물, 노무자들에게 공급할 설탕 밀가루 수수 작업복 같은 물품을 보관하는 보급창고 세 동, 노무자 숙사 일곱 동이 들어앉아 있었다.

노무관리소에는 관리소장 포함, 일본인 남자 네 명과 여성인 하마다 이치카, 조선인 남자 한 명이 정직원으로 근무했다. 임유동은 중국인 허씨와 함께 보조원으로 일했다. 주로 정직원들이 지시하는 단순한 일을 처리했다. 사무실을 청소하고 탄부들의 출결을 점검했으며, 탄부들에게 담배와 설탕 따위 보급품을 지급하는 일도 보조원의 업무였다.

이치카가 부드럽고 빠르게 타이프 자판을 두드릴 때 임유동은 그 소리가 음악 같다고 생각했다. 그녀의 손끝을 따라 높고 낮은 음이 차례차례 일어나고 누웠고, 비뚤비뚤하고 난잡한 글씨는 깔끔한 타이프 글씨로 거듭났다.

이치카는 "유동 씨, 창고에 가서 밀가루 300그램씩 250개 포장해 주세요"라고 말하지 않았다. 먼저 "유동 씨"라고 불렀고 임유동이 "예"라고 대답하면 그의 눈을 똑바로 바라보면서 "창고에 가서 밀가루 300그램씩 250개 포장해 주세요"라고 말했다.

유동은 이치카가 "유동 씨"라고 먼저 부르고 자신의 대답을 기다린 다음, 맡길 일을 말했기에, 그녀가 일을 부탁하려고 부르는 것이 아니라 이름을 부르기 위해 부른다는 생각을 하곤 했다. 이치카의 붉은 입술에 자신의 이름이 머뭄 때 그녀의 목소리를 통해 자신의 이름이 세상에 나올 때 꿈속을 거니는 것 같았다. 이치카는 커피를 마실 때 임유동과 허씨에게도 한잔씩 타서 주기도 했다. 허씨는 그런 행동을 '참 고마운 마음'이라고 표현했지만, 임유동은 '고맙다'가 아니라 '좋다'고 생각했다. 하지만 입 밖으로 나오는 말은 언제나 "고맙습니다"였다.

이치카가의 또각또각 구두소리는 남성의 발자국 소리도 여성의 발자국 소리도 아닌 중성적 느낌을 주었다. 유동은 그 소리가 좋았다. 작은 글씨를 많이 들여다보기 때문인지 밤에 잠을 제대로 못 잤기 때문인지 그녀의 눈은 자주 충혈됐다. 유동은 이치카의 충혈된 눈을 좋아했다. 하루 이틀 지나면 충혈은 사라지고 원래의 깨끗한 눈이 되었다. 유동은 그 깨끗한 눈을 좋아했다. 이치카의 앙다문 입술을 좋아했고 남몰래 하품하며 살짝 찌푸리는 얼굴을 좋아했다. 이치카는 말이 느린 편이었고 오사카 억양도, 경성 일본인 억양도, 푸순 억양도 아닌, 여러 억양이 섞인 말씨를 썼다. 유동은 이치카의 다소 느린 말씨와 그 어느 곳도 아닌 그녀의 억양을 좋아했다.

그녀가 타이프를 치다가 두 팔을 하늘로 치켜 올리고 상체를 좌우로 비틀며 기지개를 켤 때 모습은 아름다웠다. 두 팔을 치켜 든 채 상체를 돌리다가 유동과 눈이 마주칠 때 짓는 난처한 표정은 더할 나위 없이 귀여웠다. 이치카의 그런 모습은 유동의 각막에 오롯이 새겨졌고 언제라도 끄집어내어 눈앞에 그려볼 수 있었다. 그럴 때면 유동은 자기도 모르게 행복한 미소를 지었다. 영문을 모르는 허씨는 '집에 좋은 일이라도 있나?'고 묻곤 했다.

　우스운 이야기에도 이치카는 큰소리로 웃지 않았다. 언짢아도 좀처럼 화난 표정을 짓지도 않았다. 목소리 높이는 일정했고 웬만해서는 서두르거나 늑장을 부리지 않았다. 유동은 이치카의 그런 모습을 사랑했다. 이치카가 정직원들과 이야기를 나누면서 "노무자들을 싸잡아 평가하는 건 온당치 않아요."라고 말했을 때 유동은 '싸잡아'라는 낱말을 처음 들었다. 알고 있는 낱말이기는 했지만 누가 그 낱말을 쓰는 것을 들은 것은 처음이었다. 그 순간부터 유동은 '싸잡아'라는 말을 좋아했다. 싸잡아, 싸잡아라며 남몰래 읊조리기도 했다.

　정직원들이 모두 외근 나간 날이었다. 본관 구내식당에서 세 사람이 함께 점심을 먹은 뒤 중국인 허씨는 낮잠 좀 자야겠다며 노무자 숙사로 올라갔다. 유동과 이치카는 노무관리소 앞 벤치에 나란히 앉아 텅 빈 마당을 바라보며 차를 마셨다. 노무관리소 마당은 소학교 운동장만큼 넓었다. 새로 노무자들이 들어오면 그 마당에 줄 지어 세워두고 입사 서류를 작성하고 보급품을 나누어 주었다.

"유동 씨는 어떤 학생이었어요?"

"예?"

"넓은 마당을 보고 있으면 학창시절 생각이 나요. 소학교 때 말에요. 제가 다닌 학교가 높은 데 있었거든요. 주변보다 지대가 꽤 높았어요. 학교 정문을 나오면 내리막길이었어요. 길이 넓었는데 수업을 마치고 집으로 갈 때 막 뛰어서 내려가곤 했어요. 그러다가 넘어져서 무릎을 다친 적도 있고요."

유동은 이치카가 뛰는 모습을 상상할 수 없었다. 다른 사람이라면 큰소리로 할 이야기도 그녀는 조곤조곤 낮은 소리로 말한다. 걸음도 마찬가지다. 거의 언제나 일정한 보폭, 일정한 속도로 걷는다. 그런 이치카가 뛰다가 넘어졌다니 그려지지 않았다.

"이치카 씨가 뛰어다녔다고요?"

"왜요? 저는 뛰면 안돼요?"

"아니 상상이 안돼서요."

"애들은 다 뛰어 다녀요."

"그렇기는 하지만 아무래도 이치카 씨가 뜀박질하는 모습은…"

소학교 여학생이 어째서 뛰어다니지도 않았을 것이라고

생각했을까. 그럼에도 이치카가 뛰는 모습을 상상하기는 어려웠다.
 "나 달리기 잘해요."
 "설마요."
 "못 믿어요? 경주해볼래요?"
 "예에?"
 이치카가 들고 있던 찻잔을 벤치에 놓고 자리에서 일어섰다.
 "저어기 철봉까지!"
 이치카는 마당 건너편 끝에 횡으로 늘어서 있는 철봉을 가리켰다. 그리고는 '준비 땅!' 하고는 먼저 달려 나갔다. 상황을 이해하지 못해 머뭇거리던 유동은 이치카가 20미터쯤 달려간 후에야 찻잔을 내려놓고 뛰어갔다. 마당을 삼분의 이쯤 가로질렀을 때 유동이 이치카를 앞질렀다. 유동이 앞지르자 이치카는 유동의 웃옷자락을 잡아당기며 웃음을 터뜨렸다. 유동이 이치카를 돌아보며 소리쳤다.
 "이건 반칙이에요!"
 "반칙이 어딨어요!"
 유동이 앞서고 그의 옷자락을 붙잡은 이치카가 뒤따라 철봉에 도착했다. 유동이 철봉 옆에서 멈추었지만 이치카는 철봉을 지나 마당 끝까지 5,6미터쯤 더 뛰어가서 멈췄다.

"내가 더 멀리 왔어! 내가 이겼어!"

"그런 게 어딨어요! 철봉까지였는데."

"내가 이겼다니까요."

이치카가 깔깔 웃음을 터뜨렸다. 그녀가 큰소리로 웃는 모습은 경이롭기까지 했다. 유동도 큰소리로 웃었다.

한 달에 한 번쯤인 노무관리조 회식 때면 유동과 허씨도 맥주와 중국술, 일본술을 얻어 마시는 호사를 누렸다. 탄광에서 트럭을 타고 덜컹거리는 비포장 길을 30분쯤 나가면 푸순 시내였다. 훈허강변에 자리 잡은 일본식 선술집은 빈자리가 드물었고 시끄러웠다. 자리마다 붉은 전등이 달려 있었지만 실내는 어둑했다.

일본인 남자 직원들이 한 테이블에, 이치카와 조선인 정직원 김영훈, 유동과 중국인 허씨가 옆 테이블에 앉았다. 불그스름한 전등 아래, 마주앉아 바라보는 이치카의 얼굴은 치명적일 만큼 고혹적이었다.

"만철이 석탄뿐만 아니라 철, 석회, 마그네슘까지 사업을 확장할 계획인가 봐. 본사에서 타당성 조사를 진행하고 있다는 말이 있어."

옆자리에 앉은 일본인 직원들은 자기들끼리 이야기에 빠져 있었다.

"철이나 마그네슘을 캔다면 별도 노무부서를 만들겠지요?"

평소에도 업무 불만이 많은 고바야시였다.

"우리한테 떠넘기기야 하겠어?"

요시다 조장이 심드렁한 투로 받았다.

임유동과 나란히 앉은 중국인 허씨가 술잔을 들어 테이블에 놓인 유동의 잔에 살짝 갖다 댔다. 혼자 마시기 머쓱하니 보조원끼리 동시에 마시자는 말이었다. 입안에 번지는 준마이(純米) 술맛은 상큼하고 부드러웠다.

유동이 빈 잔을 내려놓자 이치카가 도쿠리를 들어 술을 따랐다. 유동은 어쩔 줄 몰라 허둥대며 두 손으로 술잔을 감싸듯 쥐었다. 잔이 워낙 작아 손바닥으로 감쌀 수 없었고 손바닥으로 술잔을 감싸는 것은 주법에도 맞지 않았다. 하지만 이치카가 술을 따르는데 두 손가락만으로 잔을 집을 수는 없었다. 이치카는 허씨의 잔도 채워 주었다. 허씨가 자리에 앉은 채 연신 고개를 조아렸다.

"만철의 철이나 마그네슘 확장에 관해 소장님은 따로 무슨 말씀이 있었습니까?"

역시 고바야시였다.

"글쎄…. 생각이 있겠지."

요시다 조장이 이번에는 언짢은 표정을 지었다. 고바야시가 또 한바탕 업무에 관한 불평을 늘어놓을 것이라고 예상했기 때문이다.

이치카 옆에 앉은 조선인 직원 김영훈의 빈 잔을 유동이 채웠다. 잔을 받은 김영훈이 물었다.

"자네는 고향이 어디라고 했지?"

"고향은 경성이지만 안동에서 자랐습니다. 부모님이 이사하셨거든요."

"고향이 경성이에요?"

이치카였다.

"말이 경성이지 변두리 시골입니다."

"그렇구나. 저도 경성에서 태어났어요. 부모님 고향은 오사카지만요."

"경성에서 태어났어요?"

"아~ 반가워라. 어쩐지 유동 씨가 편하다고 생각했는데 다 이유가 있었네요. 고향 사람끼리 건배!"

이치카가 임유동 앞으로 잔을 내밀었다. 유동이 얼굴을

붉히며 어정쩡하게 잔을 마주 들자 허씨도 덩달아 잔을 들었다.

 술기운 때문인지 이치카는 말을 많이 했다. 소학교 때 이야기를 시작으로 여고시절 이야기도 했다. 자신은 부모님이 하라는 대로 하는, 말을 잘 듣는, 공부를 꽤 잘하는 소녀였다고 했다. 일본에 있는 대학으로 유학가고 싶었지만 어머니가 경성에 있기를 원해, 그 말씀에 따랐다는 말도 했다.

 "내 이름 '이치카(一花;いちか)'는 '단 하나의 꽃'이라는 말이에요. 제가 태어났을 때 아빠가 마당에 라일락 한 그루를 심었어요. 오월이면 라일락 향기가 온 집안에 가득해요. '단 한 그루 꽃나무'인데 집안에 온통 꽃향기다, 이 말씀이에요."

 유동은 그녀의 이름 '단 하나의 꽃'에 대해 생각했다. 수많은 꽃 속에서도 금방 눈에 띄는 꽃. 지천에 널린 꽃 중에 눈에 들어오는 단 하나의 꽃.

 "어릴 때는 내 이름이 이상했어요. 친구들은 하나코, 가코, 아이코, 미치코, 하루코, 아키코였는데 나는 이치카였어요. 어릴 땐 이상하다고 생각했는데 지금은 좋아요."

 '이치카.'

 세상에서 가장 아름다운 일본말이었다. 유동은 소리 내

지 않고 그 이름을 불러보았다. 그녀가 가코, 아이코, 미치코들과는 완전히 다른 존재임을 온몸으로 느꼈다. 세상에 하나뿐인 꽃, 이치카!

아름답고 충만하고 행복한 밤이었다.

"이봐 하마다 씨, 이쪽으로 와서 한잔 해."

취기로 얼굴이 벌게진 고바야시가 화장실에 다녀와 자리에 앉으면서 크게 손짓까지 하며 이치카를 불렀다. 이치카는 고바야시를 향해 웃으면서 마치 '바이바이' 하듯 오른손을 흔들어 거절 의사를 전했다.

"그러지 말고 이 자리로 와. 보조들하고 무슨 이야기를 한다고 그래?"

임유동과 중국인 허씨가 보조원일 뿐인데 정직원 김영훈까지 보조 취급을 받는 모양새였다. 이치카의 사양에도 고바야시는 고집을 부렸고 조장인 요시다까지 동조했다.

"그래 하마다 씨 이쪽으로 와."

"저는 그냥 여기 있을게요. 모르는 얘기들을 하시니까."

"오우! 이제 끝! 재미없는 이야기 안 해. 너희들 재미없는 이야기하지 마. 알았어?"

요시다 조장이 일본인 직원들을 손가락으로 번갈아 가

리키며 웃는 얼굴로 경고했다.

"여부가 있겠습니까. 지금부터 재미없는 이야기하는 사람은 돌아갈 때 걸어서 가는 거야!"

"좋아!"

이치카는 일본인 직원들 테이블로 자리를 옮겼다. 임유동은 자리에서 일어서는 이치카를 물끄러미 바라보았다. 서운했지만 어쩔 수 없었다. 이치카의 눈길이 아주 짧은 순간 유동에게 머물렀다. 유동은 이치카를 붙잡을 수 없었다.

밤 열한시가 넘어서야 일행은 술집에서 나왔다. 중국인 보조원 허씨와 임유동은 탄광에 딸린 노무자 숙사에 기거했고 나머지 직원들은 탄광 초입에 들어선 민간 마을에 살았다. 마을이라고 해봐야 30여 호 남짓한 작은 동네로 주민 모두가 탄광 직원들, 그 중에서도 사무직 직원들이 대부분이었다. 일본인들 집이 주를 이루었고 탄광에서 몇 년 동안 착실히 돈을 모은 조선인과 중국인이 집도 몇 채 있었다.

마을로 가든, 탄광에 딸린 노무자 숙사로 돌아가든 함께 트럭을 타고 가야 했다. 탄광에서 출발할 때는 고바야시가 트럭을 운전했지만 돌아갈 때는 술을 가장 적게 마신 미나미가 운전대를 잡았다. 트럭의 좌석은 세 개였다. 탄광에서 푸순 번화가로 나올 때는 고바야시와 요시다 조장, 미나미가 좌석에 앉아 왔다. 정직원이기는 했지만 하급자인 김영훈과 이치카는 보조원들과 함께 트럭 짐칸에 탔었다.

트럭을 세워 둔 곳까지 걸어가는 동안 고바야시가 휘청대는 걸음으로 노래를 불렀다. 노래가 아니라 고래고래 지르는 고함이었다. 음정도 박자도 맞지 않는 괴상한 소리였다. 그는 고음으로 불러야 할 부분에서 있는 대로 악을 써 댔다. 그러자니 아무 데서나 노래를 멈추고 숨을 쉬었다.

미나미가 운전대를 잡았고 요시다 조장은 가운데 앉았다. 고바야시는 좌석 맨 오른쪽에 앉았다. 김영훈과 이치카, 임유동과 중국인 허씨는 짐칸에 올라탔다. 유동이 먼저 짐칸에 올라가 김영훈과 이치카의 손을 잡아 끌어올렸다. 밤공기가 서늘했지만 이치카의 손은 따뜻하고 부드러웠다. 유동은 그 온기가 자신에게 전하는 이치카의 마음 같다고 생각했다.

트럭은 막 출발하는가 싶더니 갑자기 꽉 멈췄다. 짐칸에 앉거나 서 있는 네 사람의 몸뚱이가 휘청했다. 이윽고 좌석에서 내린 고바야시가 짐칸 쪽으로 걸어오더니 짐칸을 올려다보며 고함을 지르듯이 말했다. 술에 취한 것이다.

"하마다 씨 내려서 앞좌석에 타!"

"아니에요. 저는 괜찮아요."

"뭐가 괜찮아? 밤공기가 써늘하구먼. 앞좌석에 타!"

"아니 정말 괜찮아요. 술을 마셨더니 저는 좀 더워요. 고바야시 씨가 앞에 타고 가세요."

"어허! 앞에 타라면 탈 것이지. 이 아가씨가 왜 이리 고집을 피워! 얼른 내려!"

이치카가 난처한 표정을 지었다. 그녀는 눈치를 보는 것 같았다. 하지만 무엇이 문제란 말인가. 정직원 중에 직위가 낮다고 하지만 여성인 이치카가 앞좌석에 탄다고 나무랄 사람은 없다. 패인 곳이 많은 흙길이라 트럭은 덜컹거렸고, 푸순 번화가로 나오는 길에도 불편했던 게 사실이다. 사실은 탄광에서 나올 때부터 이치카가 앞좌석에 앉도록 배려했어야 했다. 하지만 일본인 정직원들은 그런 배려를 하지 않았다. 시내로 나오는 길에 김영훈과 임유동, 중국인 허씨는 트럭 짐칸 바닥에 종이 상자를 깔고 앉아왔지만 이치카는 짐칸에 서서 왔다. 도무지 덜컹거리는 짐칸에 앉을 수는 없었던 것이다.

"아이 참, 저는 괜찮은데…."

그때였다.

"야! 야! 고바야시. 빨리 좀 가자."

좌석에 앉은 요시다 조장이 차 문 밖으로 고개를 내밀며 소리쳤다.

"아~! 하마다 씨, 빨리 좀 내려. 하마다 씨가 앞에 안타니까 내가 욕을 먹잖아!"

고바야시였다.

이치카는 어쩔 수 없이 짐칸에서 내렸다. 내리는 사람을 트럭 위에서 잡아주기는 어려웠다. 이치카가 짐칸 칸막이를 두 손으로 잡고 한쪽 발을 트럭 뒷바퀴에 얹자 밑에 있던 고바야시가 그녀의 허리를 잡았다. 이치카는 풀쩍 뛰어 내리더니 고바야시의 손을 떨쳐내듯이 몸을 홱 돌려 트럭 앞쪽으로 걸어갔다.

이치카가 좌석에 올라앉자 고바야시가 그 옆에 타려고 좌석으로 기어 올라갔다. 앞에서 요시다 조장과 미나미, 이치카의 비명 같은 목소리가 동시에 터져 나왔다.

'야, 고바야시 너 뭐냐? 이 좁은 자리에 어떻게 네 사람이 앉는다는 거냐. 세 사람 좌석이라고! 내려! 고바야시 씨 밀지 말아요. 왜 저한테 그러세요?'

"제가 내릴게요."

이치카의 목소리였다.

'아니야, 아니야. 하마다는 타고 있어. 고바야시 너가 내려라! 조장님 왜 저한테만 그러세요? 덜컹거리는 데 제가 어떻게 짐칸에 타고 가요! 금방 간다고, 자~ 가자고. 내려라 좀! 어떻게 이렇게 끼여서 가. 내려라 좀! 아, 그냥 출발해요. 빨리. 아니, 이게 뭐에요? 제가 내릴게요. 가자 가자, 출발하라고! 출발! 출발!'

 그렇게 트럭은 푸순시내 포장도로를 벗어나 시외의 비포장 흙길을 따라 덜컹덜컹 탄광으로 돌아갔다. 밤하늘에는 별들이 차갑게 빛났고 덜컹거리는 흙길에는 트럭의 헤드라이트 빛이 쏟아졌다. 유동의 눈에서 불꽃이 활활 타올랐다.

 가을이 붉게 익어 떨어지고 있었다. 달라진 것은 없었다. 이치카는 "유동 씨"라고 이름을 먼저 불렀고 다정한 얼굴로 일을 부탁했다. 때때로 눈이 마주치면 이치카는 미소를 지었다. 그럴 때마다 눈길을 먼저 피하는 쪽은 유동이었다. 업무 관련한 대화 없이 그녀의 눈을 바라볼 용기가 나지 않았다. 이치카는 작게 한숨지었다.

 장부상 피복 재고와 실제 물량을 대조하고 보관상태를 점검하기 위해 이치카와 유동은 노무자 숙사와 노무관리소 중간쯤에 있는 피복 창고로 갔다. 이치카는 왼손에 장부를 들고 오른손으로 피복을 한 장씩 꺼내 살폈다.

"먼지가 많아요. 장부 저한테 주고 나가서 좀 쉬세요."

"괜찮아요. 같이 해야 빨리 끝내죠."

"힘들지 않으세요?"

"힘들수록 같이 해야죠."

"허씨가 있었으면 이치카 씨가 이런 일을 하지 않아도 되는데…."

중국인 보조원 허씨는 아버지 제사를 지내기 위해 베이징으로 떠났다. 고향에 가는 김에 친구들도 좀 만나겠다며 5일간 휴가를 냈다.

"괜찮아요. 종일 사무실에 앉아만 있다가 밖에 나오니 좋아요."

"이치카 씨는 참 부지런해요. 열심히 하니까 상급자들한테 인정받고 승진도 빨리 할 것 같아요."

이치카는 피복을 살피던 손을 멈추고 유동을 바라보았다. 이치카의 손이 멈춘 걸 알아차린 유동이 돌아보았다. 자신을 똑바로 쳐다보고 있는 이치카와 눈이 마주치자 유동은 얼른 고개를 돌렸다. 하지만 그녀가 여전히 노려보고 있다는 느낌에 고개를 돌려 그녀를 바라보았다. 이치카가 말했다.

"유동 씨는 나한테 할 말이 그런 말밖에 없어요?"
"예에?"
"아니요!"

이치카의 손이 부지런히 작업복 상태를 살폈다. 왼손에 장부를 들고, 오른손으로 옷을 집어 들어 살피고 다시 쌓기를 반복했다. 한마디도 말이 없었다.

'해서는 안 될 말을 한 것일까?'

유동은 자신이 했던 말을 복기했다. 하지만 무슨 잘못을 했는지 알 수 없었다.

일을 마치고 밖으로 나왔을 때 부슬비가 내리고 있었다. 유동이 노무관리소까지 뛰어갔다가 돌아오면 5,6분이면 될 것 같았다.

"잠깐만 기다리세요. 제가 사무소에 가서 우산 갖고 오겠습니다."
"괜찮아요. 그냥 가요."
"비 맞잖아요."
"작업복을 머리에 쓰면 되죠."
"정말 괜찮겠어요?"
"금방인데요, 뭘."

유동은 작업복을 벗어 머리 위에 둘러썼다. 이치카가 그 모습을 물끄러미 바라보았다. 작업복을 둘러 쓴 유동이 부슬비 속으로 나가 섰지만 이치카는 여전히 창고 처마 아래 서 있었다. 여성이 작업복을 벗어 머리에 덮어 쓰고 가기는 민망할 것이다.

"제가 금방 가서 우산 가져 올게요."

"아니 괜찮아요."

감히 자신의 작업복을 함께 둘러쓰자고 말할 수는 없었다. 그 모습을 직원들이 보기라도 한다면 무슨 오해를 할 것인가. 이치카의 입장은 뭐가 될 것인가. 유동이 이러지도 저러지도 못하고 부슬비 속에 우두커니 서 있자 이치카가 처마 밖으로 나와 사무소를 향해 앞서 걸었다.

그녀는 부슬비 속을 뛰어가지 않고 평소처럼 덤덤하게 걸었다. 유동은 작업복을 머리에 둘러 쓴 채 그 뒤를 어정쩡하게 따랐다. 앞서 뛰어가 버릴 수도 없었고 함께 작업복을 쓰자고 말할 수도 없었다. 이치카 옆으로 다가가 작업복을 그녀의 머리 위에 씌워 주려다가 멈칫 물러섰다. 그녀가 비를 맞지 않도록 해주고 싶었다. 그녀가 차가운 비를 맞지 않을 수만 있다면 자신은 어떤 비난을 받아도 좋다고 생각했다. 하지만 이치카가 낭패를 보게 할 수는 없었다.

이치카가 걸음을 멈추고 돌아서서 무슨 말이든 해 준다

면 좋을 것이다. "비 맞으니 춥다"고 말해준다면, "혼자 작업복 뒤집어쓰고 비 안 맞으니 좋겠다"고 빈정거려 주기라도 한다면….

노무관리소 건물 앞에 도착한 이치카는 계단을 탁탁탁 뛰어 올라갔다. 그리고는 뒤도 돌아보지 않고 사무실 옆 화장실로 들어가 버렸다. 그날 이후 이치카는 한동안 몸이 불편해보였다. 표정도 어두웠다. 유동은 이치카의 눈치를 살폈다. 하지만 어쩌다 눈이 마주치면 자신도 모르게 눈을 피했다. 마주 바라보고 싶은데 눈이 제 마음대로 엉뚱한 곳을 보았다.

새로 시작한 노천탄광 채탄이 늘면서 탄광을 떠나는 노무자 수는 크게 줄었다. 덩달아 사무실 분위기도 좋았다. 직원들이 모두 퇴근한 저녁 유동은 혼자 남아 노무자들의 출근 일수와 일급 합계를 대조하는 중이었다.

저녁 8시가 넘었는데 드르륵 소리와 함께 사무실 문이 열렸다. 또각또각 걸어 들어온 사람은 이치카였다. 열린 문 너머로 함박눈이 내리고 있었다. 우산도 없이 눈 속을 걸어온 모양인지 이치카의 모자와 검은 코트 어깨에는 흰 눈이 내려앉아 있었다.

"어! 퇴근 안 하셨어요?"

유동이 겸연쩍은 미소로 인사를 건넸다. 이치카는 출입문 근처에 있는 유동의 책상을 말없이 지나쳤다. 또각또각 구둣발자국 소리가 무거웠다. 그녀는 자신의 자리로 가지 않고 사무실 가운데 설치된 난로 앞에 섰다. 유동에게 뒷모습을 보인 채였다. 이치카는 두 손을 연통 가까이에 대고 한동안 말이 없었다. 사무실에 급한 볼일이 있어서 돌아온 것 같지는 않았다.

"저는 떠나요."

"예?"

"회사 그만 둔다고요."

여전히 등을 보인 채였다. 갑자기 회사를 그만 둔다니?

"결혼…, 하시나요?"

"아니요."

무슨 말을 해야 할까. 출근 장부에 눈을 고정하고 있었지만 눈에 들어오지 않았다.

"언제 떠나시는데요?"

"내일….";

"그렇게 갑작스럽게요?"

"어머니가 많이 편찮으세요. 아버지는 직장 일로 여의치 않아서…. 사표는 며칠 전에 제출했고 오늘 수리됐어요. 내일 아침에 잠깐 나와서 인사만 드리고 떠날 거예요."

유동은 눈에 들어오지도 않는 출근 장부를 뒤적였다. 두 사람은 말이 없었고 장부 넘기는 소리만이 초조하게 두 사람 사이를 오고갔다. 함박눈이 창문에 부딪혀 녹아내렸다. 이치카가 돌아서며 말했다.

"늦게까지 할 일이 많으시네요."

"예에…, 요시다 조장님이 이달 노무자들 근무일과 일급 합산 장부를 내일 아침까지 제출하라고 하셔서요."

"그래요, 그럼…."

또각또각…, 이치카가 출입문 쪽으로 천천히 걸어갔다. 그녀가 밖으로 나갔고 드르륵 소리와 함께 사무실 문이 닫혔다.

'내가 지금 무엇을 하고 있나.'

유동은 순간 격정에 휩싸였다. 급하게 일어나는 바람에 의자가 쾅 소리를 내며 뒤로 넘어졌다. 문 여는 소리에 노무관리소 건물 마지막 계단을 내려서던 이치카가 돌아섰다. 유리창을 통해 나온 사무소 전등 빛이 그녀의 얼굴과 검은 코트를 비추고 있었다. 유동은 결사적인 심정으로 사무실에서 뛰어나왔지만 이치카의 얼굴을 보자 무슨 말을,

어떻게 해야 할지 몰랐다.

"그동안 고마웠습니다. 저희한테 잘해 주셔서…."

이치카는 유동을 물끄러미 올려보더니 고개를 살짝 숙이고 돌아섰다. 함박눈 속으로, 어둠 속으로, 유동의 시선이 미치지 못하는 곳으로 그녀는 멀어져갔다.

이치카는 다음 날 조금 늦게 노무관리소로 나와 직원들과 차례차례 인사를 나누었다. 미소 띤 얼굴로 건강하시라. 연락하시라. 네. 어디를 가든 잘 될 거야…, 덕담과 약속을 주고받았다. 유동은 '다시 보자'며 나누는 작별의 악수에 아무런 의미도 담겨 있지 않다는 것을 그날 알았다. 유동과 인사할 때 이치카는 말없이 고개만 살짝 숙였다. 유동은 '안녕히 가세요'라고 말했다.

이치카를 다시 만난 것은 그녀가 떠나고 열 달쯤 뒤였다. 푸순의 매서운 겨울이 다시 도착하는 중이었다. 오후 3시쯤 사무실로 전화가 왔다. 외부에서 걸려온 전화였고 허씨가 받았다.

"자네 찾는데?"

허씨가 수화기를 든 채 턱으로 유동을 가리켰다.

"임유동입니다."

"전데요."

이치카였다. 그녀는 함께 근무하던 시절에도 밖에서 사무소로 전화를 걸거나, 창고로 전화를 걸어 유동이 받으면 "이치카입니다"고 말하지 않고 "전데요"라고 말했다.

"아!! 잘 지내셨어요?"

너무나 크고 밝은 유동의 목소리에 허씨가 눈을 동그랗게 떴다.

"다들 잘 지내시죠?"

"네, 다들….'"

무슨 일로 전화를 한 것일까. 무슨 말을 해야 할까.

"경력 증명서를 발급받으려고요."

"어디 다른 회사에…?"

"네, 어머니 많이 좋아지셨고 다롄에 있는 회사에 취직하려고요."

"다롄요?"

이치카가 랴오닝으로 돌아온다는 사실에 유동은 떨 듯이 기뻤다.

"네. 총무과 노리꼬 언니한테 발급 부탁해 놨어요. 오늘 퇴근 전에 본관 총무과에 가서 좀 받아 주겠어요?"

이치카

"노리꼬 씨요?"

키가 작고 얼굴이 흰, 푸순 탄광 직원들 중에서는 드물게 안경을 쓴 일본인 여직원이었다.

"성가신 부탁해서 미안해요. 떠난 회사에 다시 가려니 어색하네요."

"전혀요!! 조금도 성가시지 않습니다!!"

목소리가 너무 컸다. 요시다 조장과 허씨가 어리둥절한 표정으로 유동을 바라보았다.

"몇 시쯤 퇴근해요?"

"정시 퇴근입니다."

반사적으로 답했다. 정시 퇴근하게 될 지, 무슨 일이 떨어질지 알 수 없었다. 상관없었다. 설령 퇴근 직전에 일이 떨어진다고 하더라도 내일로 미루고 오늘만은 정시에 퇴근하겠노라고 다짐했다.

"만추리(滿洲里) 서점 아세요?"

"서점요?"

"네, 시내 농산물 시장 가기 전에 있는…."

"네, 압니다. 가 본 적은 없지만 압니다."

"거기서 봐요. 일곱 시면 될까요?"

유동이 약속 시각보다 일찍 서점에 도착했을 때 이치카는 안쪽 진열대 앞에서 책을 읽는 중이었다. 계산대 앞에 앉은 주인은 신문을 눈에 바싹 붙이고 있었다. 책에 몰두했는지 서점문 열리는 소리에도 이치카는 고개를 돌리지 않았다. 긴 머리를 자르고 가볍게 파마를 한 모습이었다. 유동은 자신의 이른 도착을 알리려다가 마음을 바꿔 책장 앞으로 다가섰다. 서점에 들어온 것은 처음이고 딱히 읽고 싶은 책도 없었다. 독서에 몰두한 이치카를 방해하고 싶지 않았다. 책장에서 아무 책이나 꺼내 들고 건성건성 책장을 넘겼다.

"언제 왔어요?"

유동이 손 가는 대로 책을 펼쳐 몇 장 읽고 있을 때 이치카가 옆으로 다가왔다.

"아! 좀 전에…."

"왜 말하지 않고요?"

"방해할까봐…."

"유동 씨 만나려고 왔는데 방해는 무슨…, 나가요."

이치카는 계산대로 가서 들고 있던 책값을 치렀다.

"소설 좋아해요?"

이치카가 문 앞에 서 있는 유동에게 책을 내밀었다.

"아닙니다. 안 주셔도 됩니다. 이치카 씨의 부탁은 신세가 아닙니다."

"신세졌다고 드리는 거 아니에요. 선물이에요."

『강희의 잔소리』. 얇은 소설책이었다. 선물을 받아본 것은 처음이고, 그 첫 선물을 준 사람이 이치카였다. 꿈처럼 몽롱하고 얼떨떨했다.

"몇 해 전 신문에 연재한 소설인데 책으로 나왔네요. 작가 이름이 양규로 나와 있지만 본명은 양규철이에요. 조선 사람."

"네에…."

"들어본 적 있어요?"

"아니요, 저는…."

두 사람은 바람이 차가운 저녁거리를 걷다가 중국식 식당에 들어갔다. 따뜻한 찻잔을 앞에 두고 이치카는 중국차에 대해 이야기했다. 탁자에 깔아둔 꽃무늬 보가 예쁘다는 말도 했다. 유동은 고개만 끄덕였다. 보에 수놓은 꽃무늬를 문지르는 이치카의 손가락은 희고 길었다.

무슨 말이든 하고 싶었지만 재미없고 어리석은 말이 될 것만 같았다. 그녀가 싫어할지도 모를 말, 그녀의 마음에 들지 않을 말을 하느니 입을 다무는 편이 낫겠다고 생각했다. 느린 식사를 마치고 다시 따뜻한 차를 마셨다.

유동은 이 침묵이 불안했다. 금방이라도 이치카가 '이제 그만 일어나요'라고 말할 것 같았다. 일어나고 싶지 않았다. 그녀의 얼굴을 오래 보고 싶었고 오래 이야기하고 싶었다. 무슨 말이든 해야 했지만 주의해야 했다.

"이치카 씨는 일을 잘 하시니까 다른 회사에 가서도 금방 인정받을 겁니다."

이치카는 대꾸하지 않았다. 불안한 마음에 유동은 덧붙였다.

"사무실 사람들이 모두 이치카 씨가 일을 참 잘했다고… 칭찬합니다."

"유동 씨는 그런 말 말고는 나한테 할 말 없어요?"

행여나 들을까 염려했던 말을 또 듣고 말았다.

칭찬의 말을 건넸을 뿐이다. 오래 전 창고에서 이치카와 피복을 점검하던 때가 떠올랐다. 그날 이치카는 유동에게 '할 이야기가 그런 말밖에 없느냐?'고 핀잔을 주었다. 침묵 속에 이치카는 식은 차를 천천히 마셨다. 유동은 그녀의 처분을 기다렸다. 차를 다 마신 이치카가 말했다.

"이제 가요."

밖은 달빛으로 환했다. 이치카가 밤하늘의 커다란 달을 올려다보았다.

"달은 밝네요."

"네에…."

이치카가 저만치 떨어진 곳에 서 있는 인력거를 손짓으로 불렀다. 인력거에 올라앉는 이치카에게 유동이 물었다.

"바래다 드릴까요?"

"괜찮아요…."

"네에. 그럼."

유동은 정중하게 고개 숙여 인사했다. 이치카는 그런 유동을 물끄러미 바라보았다. 유동이 고개를 들자 이치카는 젖혀 잡고 있던 인력거 가림막에서 손을 뗐다. 그녀의 모습이 가림막 너머로 사라졌고 인력거는 출발했다. 유동은 달그림자를 끌며 멀어지는 인력거에서 눈을 떼지 못했다. 마침내 인력거가 모퉁이를 돌아 사라졌을 때 그는 고개를 떨구었다.

유동은 허씨와 창고에서 새로 들어온 탄부용 안전장화를 크기별로 분류하고, 조별 노무자들 숫자에 맞춰 따로 묶었다. 만추리 서점에서 이치카를 만나고 넉 달이 지날 무렵이었다. 일을 마치고 밖으로 나오니 봄을 재촉하는 비가 내리고 있었다. 두 사람은 창고 문 앞에 쪼그리고 앉아 처마 끝을 타고 떨어지는 빗물을 바라보았다. 허씨가 담배를 꺼내 물었다.

이치카와 피복 재고를 점검하던 날에도 비가 내렸다. 그날 이치카는 차박차박 발자국 소리를 내며 빗속을 걸어갔다. 빠르지도 느리지도 않은 걸음이었다. 웃옷을 머리 위로 둘러쓰고 엉거주춤하고 난처한 걸음으로 뒤따르던 자신의 모습이 눈에 선했다.

그날 밤 유동은 잠들지 못했다. '그런 말 말고는 할 말이 없느냐'고 타박하던 이치카의 눈빛, 차가운 빗속을 차박차박 일정한 속도로 걸어가던 그녀의 뒷모습이 지워지지 않았다.

내내 뒤척이던 유동은 벌떡 일어나 앉았다.

'만철 본사에 입사하게 된 거 축하한다고 전해주세요. 아까 통화하면서 축하 인사도 못했어요.'

넉 달 전 만추리 서점에서 이치카를 만나던 날, 총무과 노리꼬가 이치카의 경력증명서를 유동에게 건네며 한 말이었다.

'이치카는 다롄의 만철 본사에 입사한 것이리라.'

아직 신새벽이었다. 함께 방을 쓰는 노무자들은 곤히 잠들어 있었다. 어둠 속에서 방을 오가던 유동은 다시 자리에 누웠다. 눈을 감았지만 생각은 잠들지 못하고 날뛰었다. 몸을 이리저리 뒤척이던 유동은 마침내 일어나 앉았다. 날이 밝을 때까지 기다릴 수 없었다.

노무자 숙사를 나온 유동은 어두운 운동장을 가로질러 노무관리소로 갔다. 한참이 지나서야 아침이 부옇게 밝아왔다. 매일 아침 날이 새자마자 맨 먼저 출근하는 요시다 조장은 사무실 문 앞에서 서성대는 유동을 의아한 얼굴로 쳐다보았다. 유동은 일주일 휴가를 내고 만철 본사가 있는 다롄 행 열차를 탔다. 푸순 탄광에 취직한 이래 그렇게 긴 휴가를 낸 것은 처음이었다.

유동은 만철 본사 정문 앞에서 사흘 동안, 이른 아침부터 늦은 저녁까지 이치카를 기다렸다. 출퇴근하는 직원들 속에 이치카는 없었다. 어쩌면 본사 안에 직원 기숙사가 있을지도 몰랐다. 유동은 용기를 내어 정문 경비실 문을 두드렸다. 그리고 경성 집에서 급한 일로 심부름 왔다며 하마다 이치카 씨를 불러달라고 사정했다. 근무 부서를 모른다는 유동의 말에 경비대장은 고개를 갸웃거렸지만 거듭되는 사정에 결국 전화기를 들었다.

"총무과죠? 경비대장 구로다입니다."

남만주철도주식회사 본사에 하마다 이치카라는 직원은 없었다. 개별 부서에서 임시직을 채용했는지도 살펴보았지만 어느 부서에도 그런 이름은 없었다. 유동이 필사적으로 매달리자 총무과 직원은 "그러고 보니 몇 달 전 그런 특이한 이름의 여성이 입사지원서를 내기는 했는데 면접에 오지 않았다"고 답했다. 터벅터벅 만철 본사를 나선 유동은 푸순 탄광 총무과 노리꼬에게 전화를 걸었다.

"이치카가 만철에 없다고요? 그러면 짐작가는 데가 없는데….'

"하마다 씨의 경성 집 주소를 알 수 있을까요?"

"인사자료를 보관하고는 있지만, 그건 왜요?"

둘러대느라 유동은 진땀을 흘렸다.

주소를 들고 물어물어 찾아간 이치카의 경성집. 이치카의 부모는 거기 살지 않았다. 집 주인은 이전에 살던 사람들이 경성시내 어디로 이사한다는 말을 듣기는 했지만 어디로 이사했는지는 모른다고 했다. 대문 앞에서 돌아선 유동은 만철 본사를 찾아가던 날 선양역 매점에서 샀던 선양 특산물 부로린 사탕 봉지를 두 팔로 껴안은 채 쪼그리고 앉았다.

만추리 서점에서 이치카를 마지막으로 만난 뒤로 유동은 눈에 띄게 말수가 줄었다. 그의 멍한 눈은 늘 먼 데를 향하고 있었다. 요시다 조장은 유동의 흐릿한 일처리를 자주 나무랐다. 중국인 허씨는 어디 아프냐고, 집에 무슨 일 있느냐고 물었다. 더 이상 이치카 소식은 없었다. 바람결에도 묻어오지 않았다.

4년이 지난 어느 봄날 다롄역이었다.

임유동은 푸순 탄광 산하 다롄 지점 출장을 마치고 푸순으로 돌아가기 위해 선양행 열차를 기다리는 중이었다. 외부 출장 업무는 정직원들의 일이었다. 하지만 철광석과 석회까지 채굴사업을 확대하면서 푸순 탄광, 아니 이제 푸순 광산으로 이름이 바뀐 회사는 눈코 뜰 새 없이 바빴다. 업무는 늘어나는 데 직원 충원은 그에 미치지 못했다. 그 탓에 노무관리 보조원인 임유동이 외부 출장까지 다니게 되었다.

다롄역은 4년 전과 완전히 다른 모습이었다. 안둥역이나 선양역은 비교할 바가 아니었다. 규모가 커졌고 역사 안에는 화려한 상점들이 늘어서 있었다. 대합실은 온갖 국적의 사람들로 붐볐다. 유동은 일찌감치 개찰구를 통과해 플랫폼으로 나왔다.

임유동이 열차가 들어오기를 기다리며 플랫폼을 이리저리 오고가고 있을 때 갓난아기를 업고 양손에 커다란 가방을 든 여자가 개찰구를 통과해 플랫폼으로 나왔다. 그 뒤를 양복에 중절모를 쓰고 작은 손지갑을 든 남자가 따라 나왔다.

중절모를 쓴 남자는 여자보다 개찰구를 늦게 통과했지만 성큼성큼 여자를 앞질러 2호 칸 열차가 서는 자리에 섰다. 여자가 느린 걸음으로 다가가 옆에 서자 중절모를 쓴 남자가 웃는 얼굴로 무언가를 떠들었다. 여자는 대꾸 없이 정면을 응시했다.

다롄역은 열차 종착역이자 출발지였다. 차고지에서 나온 선양행 열차가 기적 소리를 울리며 천천히 플랫폼으로 들어오는 중이었다. 정면을 응시하던 여자가 기적 소리에 고개를 돌려 열차가 들어오는 선로를 바라보았다. 유동이 서 있는 쪽이었다.

볼 살이 조금 빠지기는 했지만 낯익은 얼굴, 단 한 순간도 잊은 적 없는 얼굴, 꿈에서는 언제나 웃던 얼굴, 그러나 지금은 지친 얼굴, 이치카였다. 유동은 선로에 고정된 그녀의 초점 없는 눈을 뚫어지게 쳐다보았다. 중절모가 다시 뭐라고 떠들어댔지만 이치카는 선로를 바라볼 뿐이었다.

유동은 이치카에게서 눈을 떼지 못했다. 하지만 그녀의 텅 빈 눈은 누가 자신을 바라보고 있다는 사실조차 알아차리지 못하는 것 같았다. 기이잉 쇠바퀴 마찰음과 함께 열차가 멈추고 사람들이 열차에 오르기 시작했다.

중절모 쓴 남자가 먼저 열차에 오르고 양손에 가방을 든 이치카가 뒤를 따랐다. 열차 문 발판에 막 한쪽 발을 올리던 이치카는 문득 고개를 돌려 유동이 서 있는 쪽을 바라보았다. 순간 이치카의 눈길이 유동의 얼굴에 멈추는 듯했다. 하지만 여전히 텅 빈 눈이었다. 스치듯 유동을 지나쳐간 이치카의 눈길이 다시 열차 발판을 향했다.

유동은 그날 선양행 열차를 타지 않았다. 열차가 떠날 때까지 우두커니 서 있던 그는 왔던 길을 돌아 역사 밖으로 나갔다. 그리고 근처 선술집에 들러 대낮부터 술을 마셨다. 늦은 밤 술집 주인이 가게 문을 닫는다며 그를 밖으로 내몰 때까지 못 박힌 사람처럼 앉아 있었다.

며칠 뒤 유동은 푸순 광산을 떠났다. 딱히 어떤 일을 하겠다는 생각은 없었다. 만추리 서점에서 눈에 들어오지도 않는 책을 뒤적거리기도 했고 훈허강가 술집에 앉아 흐르는 강물을 바라보기도 했다.

어느 날 유동은 훈허강에서 청둥오리를 사냥하는 포수를 보았다. 수양버들이 강물 위로 늘어진 초여름이었다. 탕! 총소리와 함께 날아오르던 오리가 강물 위로 떨어졌다. 시작과 끝이 하나였다. 거기에 망설임이나 불안 따위는 없었다. 신비롭고 놀라운 기분에 휩싸인 유동은 청둥오리를 들고 강가로 걸어 나오는 포수를 향해 다가갔다.

"총의 위력이 참 대단합니다."

포수는 웬 촌놈인가, 하는 표정으로 유동을 쳐다보더니 껄껄 웃었다.

"한번 쏘아 보겠소?"

그 한마디에 유동은 포수가 되었다. 그리고 만주와 조선을 떠돌았다. 사냥한 짐승 가죽을 팔기도 했고 주민들이나 경찰의 요청으로 해수 퇴치 일을 맡기도 했다. 집안에서 몇 차례 여자를 소개했지만 결혼하지 않았다.

3

몇 주 후 마쓰자카 경부보는 뤼순 형무소를 방문했다. 임유동 사망사건은 범죄 혐의점이 없는 것으로 이미 종결됐다. 딱히 하마다 이치카를 만나야 할 이유는 없었다. 그런데 마침 뤼순 형무소가 있는 다롄시 출장 건이 생겼고, 다롄 경찰서 근무 경험이 있는 마쓰자카가 출장자로 정해졌던 것이다.

마쓰자카가 형무소 면회실에 도착한 것은 출장 마지막 날 오후 3시 무렵이었다. 하마다는 이감(移監)없이 그곳에서 복역 중이었다. 형무소에 딸린 벽돌 공장에서 일하던 하마다는 작업모를 쓴 채 면회실로 들어왔다. 겨울 끝 무렵이라고 하지만 아직은 날씨가 매서운데 수형자들의 작업복은 얇았다.

10년 가까운 세월이 지났지만 하마다는 거의 변한 데가 없어 보였다. 면회를 신청한 사람이 마쓰자카 미츠나리라는 사실에 그녀는 다소 놀란 것 같았다.

두 사람은 폭이 넓은 책상 앞에 마주 앉았다. 한쪽에 세 사람씩, 여섯 사람이 마주앉을 수 있는 면회 책상이었다. 그날 면회객은 마쓰자카 외에는 없었다. 면회실 한쪽 구석에 앉은 형무관은 고개를 숙이고 메모하는 척 했지만 두 사람의 대화에 귀를 기울이는 눈치였다.

마쓰자카는 형무관에게 따뜻한 녹차를 부탁했다. 하마다는 뜨거운 사기(沙器)잔을 두 손으로 감쌌다. 추운 데서 오래

일했는지 손등이 빨갰다. 잔을 감싼 쥔 하마다의 손에 시멘트 가루와 모래가 묻어 있었다. 장갑이 지급되지 않는 모양이었다.

"임유동이라는 사람을 압니까?"

이치카가 내리깔고 있던 눈을 살짝 치켜뜨며 마쓰자카를 바라보았다.

"그 사람……. 죽었습니다, 얼마 전에."

마쓰자카는 임유동의 공책을 이치카 앞으로 밀었다. 소설책도 가져오고 싶었지만 뜻대로 되지 않았다. 다롄 출장이 결정 됐을 때 경찰서 증거품 보관소에 소설책 반출을 요청했으나 마쓰자카가 다롄으로 출발하던 그저께까지 출고되지 않았다. 계장 결재는 나중에 받고 우선 책부터 내달라고 부탁했지만 자료계 신입은 고개를 저었다. 수사 끝났다고, 이제 수사와 관련 없는 물품이라고 몇 번이나 말했지만 신입은 요지부동이었다.

이치카는 책상에 놓인 공책에 시선을 고정한 채 말이 없었다.

"고인이 남긴 일기 공책인데, 하마다 씨 이야기가 많았습니다."

순간 이치카의 눈이 물기로 반짝 빛났다. 그 모습을 보이기 싫은 듯 고개를 숙였다. 그리고 손을 공책에 얹고 가볍게 문질렀다. 침묵이 흘렀다.

"다 읽어봤어요, 수사상 필요해서."

이치카는 숙인 고개를 끄덕였다.

"고인의 유품 중에 소설책이 있던데…. 하마다 씨가 선물한 것이더군요."

"강희의 잔소리…."

이치카가 작은 소리로 읊조렸다.

"경찰서에 반출신청 했지만 아직 허가가 나지 않아 못 가져왔어요. 원하신다면 서(署)에 돌아가는 대로 우편으로 부쳐드리겠습니다."

"네…."

"여러 번 읽었던 모양입니다. 많이 해졌더군요."

이치카가 고개를 여러 번, 가볍게 끄덕였다.

면회시간이 끝났음을 알리러 다가온 형무관이 마쓰자카의 부탁을 받고 자리로 돌아갔다.

"어떻게 죽었나요…."

"동사로 추정하고 있습니다. 조선의 강원도 산에서. 포수 생활을 했더군요."

"포수…."

"예, 포수."

"그 사람한테 어울릴 것 같지는 않네요."

"공책을 보면 석연찮은 구석이 있습니다. 이런 표현이 어떨지 모르지만 여러 정황으로 볼 때 임유동의 죽음은 사고가 아니라 선택이 아닐까 하는 느낌도 듭니다."

또 침묵이 이어졌다. 마침내 마쓰자카가 일어서자 이치카가 숙이고 있던 고개를 들었다. 고였던 눈물이 툭 떨어졌다. 잠시 틈을 두고 마쓰자카가 말했다.

"그가 오래 전에 하마다 씨에게 하고 싶었던 말들은 공책에 다 적혀 있습니다."

"허엉…."

짧은 소리가 터져 나왔다. 기다림, 허탈, 체념, 슬픔, 연민, 늦은 후회 같은 감정이 세월에 녹고 웅어리진 듯한 기이한 소리였다. 마쓰자카는 그 소리가 입에서 나오는 소리인지, 코에서 나오는 소리인지, 온몸의 살갗을 뚫고 나오는 소리인지 분간할 수 없었다. 마쓰자카가 선 채 기다리자 이치카가 자리에서 일어나 허리를 깊이 숙여 절했다. 두 팔로 공책을 가슴에 감싸 안은 채.

춘천 경찰서로 돌아오니 사무실 책상 위에 소설책 『강희의 잔소리』가 놓여 있었다. 자료계 신입이 어제 가져다놓았다고 했다. 마쓰자카는 책을 뤼순 형무소 하마다 이치카 수형자 앞으로 부쳤다. 한 달쯤 뒤 하마다는 '잘 받았다'는 답장과 함께 약간의 돈을 부쳐왔다.

'사랑한다는 말에는 만 가지 약속과 확신이 담겨 있다고 믿었습니다. 사랑한다고 말하는 것은 무엇이고, 그 말을 하지 못하는 것은 무엇일까요. 남편은 하지 말았어야 할 말을 했고, 그 사람은 해야 할 말을 하지 않았습니다. 우리에게 시간이 더 있었다면 달라졌을까요…. 마쓰자카 순사님, 얼마 안 되지만 제가 가진 돈을 부칩니다. 가까운 절(寺)의 스님께 두 사람의 극락왕생 축원을 부탁해 주실 수 있는지요. 폐를 끼쳐 죄송합니다. -하마다 이치카 올림-'

작가의 말

사랑의 감정을 호르몬 작용으로 설명하는 사람들이 많다. 신체 내 도파민(Dopamine), 옥시토신(Oxytocin), 세로토닌(Serotonin), 엔도르핀(Endorphin), 아드레날린(Adrenaline) 같은 화학물질 분비 변화로 사랑을 이해하는 것이다.

그래, 사랑의 감정은 특정 호르몬 분비 때문일 것이다. 하지만 여러 '미인' 중에 특정 '미인'을 보았을 때 그런 호르몬이 분비되는 것은 왜일까? 여러 '잘 생긴 남자' 중에 특정 남자에게 특정 여자가 사랑을 느끼는 것은 무엇 때문일까.

"첫눈에 반한다."
남녀의 사랑에 대해 흔히 하는 말이다.

나는 사람이 첫눈에 반하는 까닭, 그러니까 특정 사람을 보았을 때 사랑 호르몬이 분비되는 까닭을 '연인 자신들은 비록 자각하지 못하지만, 두 사람이 오랜 세월 서로를 찾고 기다려 왔기 때문'이라고 생각한다.

그런데,

내가 첫눈에 반한 사람, 그러니까 나는 오랜 세월 찾고 기다려온 사람인데, 상대는 나를 알아보지 못하는 것은 무슨 까닭일까. 나를 알아보지 못하는 사람에게 "당신이 바로 내가 긴 세월 찾고 기다려온 사람이에요"라고 상대는 알아듣지도 못하는 말을 계속 하는 것은 무엇일까? 그것이 사랑일까.

아니면, 나는 그를 첫눈에 알아보지 못했는데, 그가 여러 번 설명하니 어렴풋이 알아보게 되는 것은 사랑일까.

또 첫눈에 서로 오래 찾고 기다려온 사람임을 알아보았는데, 시간이 지나고 보니 내가 찾던 사람이 아님을 알았을 때, 그러니까, 이미 내 곁에 와 있는 그가 내가 찾던 사람이 아님을 알았을 때, 나는 상대방에게, 또 상대방은 나에게 어떤 얼굴을 보여주게 될까. '365번째 편지'와 '못생긴 여자'는 그 사람들의 이야기다.

누구에게나 사는 동안, 푸른 강물에 발을 담그면 온몸이 물빛으로 물들 것 같던 날들이 있다. 리에는 그 푸른 강물에 발을 담그는 대신 강물을 모두 퍼내서 아무렇게나 쏟아버렸다. 넘실대던 강물이 마르자 은빛 비늘을 반짝이며 뛰어오르던 물고기는 사라졌고, 허옇게 드러난 강바닥엔 깨진 유리 조각과 바다로 흘러가지 못한 마른 나무 둥치가 뒹굴었다. 그리고…, 물빛으로 물들었어야 할 푸른 몸은 흙빛이 되어버렸다.

제 잘못을 떠넘기며 원망할 사람, 하다못해 자기 불행을 위로해 달라고 울면서 매달릴 사람이라도 있었더라면 리에는 그처럼 마른 여자가 되지는 않았을 것이다.

그러나 어떡하겠는가. 사랑을 잃어서 불행한 사람은 나일 수밖에 없다. 사랑은 두 사람만의 세상이어서 누구도 타인의 사랑을 응원할 수 없고, 잃어버린 사랑을 위로할 수도 없으니 말이다. '리에의 사랑'은 스스로 사랑을 묻어버린 여자의 이야기다.

누군가를 사랑하게 되면, 대부분 사람들은 오랜 고민 끝에 "사랑한다"고 고백할 것이다. 그 사랑을 얻거나 얻지 못하거나 간에 말이다.

내가 아는 한 남자는 열렬히 사랑했던 여성에게 사랑한다고 고백하지 못했다. 못마땅한 세월이 흐르는 동안 두 사람은 각자 다른 사람과 연인이 되었고, 결혼을 했다. 각자 결혼한 이후에는 단 한 번 만난 것이 전부라고 했다.

그가 오래 전에 이런 말을 했다.
"내가 만일 그 사람을 '어느 정도' 사랑했더라면 '사랑한다' 고백했을 것입니다. 하지만 나는 그 사람을 너무나 사랑했기에 사랑한다고 말하지 못했어요. 내 고백으로 그 사람과 우정마저 잃을까 봐 두려웠습니다."

'말 같지도 않은 소리'라고 생각했다. 그러나 많은 세월이 흐른 지금에 와서 생각해 보면 그럴 수도 있지 않겠는가 싶다.
오랜 세월 찾고 기다려온 사람을 먼 곳에 두고, 밋밋한 사람과 연애를 하고, 결혼을 하고…, 무표정하게 살아간 그는 어떤 세상을 보았을까. '이치카'는 그 사람의 이야기이다.

365번째 편지

초판 1쇄 발행 2025년 6월 16일

지은이 조두진
펴낸이 정성욱
펴낸곳 이정서재

편집 정성욱 이금남
마케팅 정민혁
디자인 김지현

출판신고 2022년 3월 29일 제 2022-000060호
주소 경기도 고양시 덕양구 무원로6번길 61 605호
전화 031)979-2530 | **FAX** 031)979-2531
이메일 jspoem2002@naver.com

ⓒ 조두진, 2025
ISBN 979-11-988460-3-7 (03810)

* 이 책은 저작권법에 따라 보호받는 저작물이므로 무단전제와 무단복제를 금지하며 이 책 내용의 전부 또는 일부를 이용하려면 반드시 저작권자와 더소울의 서면 동의를 받아야 합니다.
* 이 책의 국립중앙도서관 출판시 도서목록은 서지정보유통시스템 홈페이지(http://seoji.nl.go.kr)와 국가자료 공동목록시스템(www.nl.go.kr/kolisnet)에서 이용하실 수 있습니다.
* 잘못된 책은 구입하신 서점에서 바꿔 드립니다.
* 책값은 뒤표지에 있습니다.

여러분의 소중한 원고를 기다립니다.
jspoem2002@naver.com